KB248451

임영기 新무협 판타지 소설
FANTASTIC ORIENTAL HEROES

대사부 9

임영기 新무협 판타지 소설

초판 1쇄 찍은 날 § 2010년 7월 30일
초판 1쇄 펴낸 날 § 2010년 8월 10일

지은이 § 임영기
펴낸이 § 서경석

편집팀장 § 서지현
편집 § 주소영

펴낸곳 § 도서출판 청어람
등록번호 § 제1081-1-89호
등록일자 § 1999. 5. 31
어람번호 § 제2-1959호

주소 § 경기도 부천시 원미구 심곡2동 163-2 서경B/D 3F (우) 420-822
전화 § 032-656-4452 팩스 § 032-656-4453
http://www.chungeoram.com
E-mail § chungeoram@chungeoram.com

ⓒ 임영기, 2009

ISBN 978-89-251-2245-8 04810
ISBN 978-89-251-2031-7 (세트)

대사부

大邪夫

FANTASTIC ORIENTAL HEROES

임영기 新무협 판타지 소설

9

낙양대전(洛陽大戰)

도서출판 청어람

目次

第九十章
기개세와 독고비

춘몽이 쟁쟁한 목소리로 입을 열었다.

"천문주이십니다. 모두 일어나서 예를 갖추세요."

그러나 마도인들은 듣지 못한 듯 앉은 자리에서 꼼짝도 하
지 않았다.

인사를 시키려고 앞쪽으로 나와 있던 춘몽의 얼굴에 당황
함이 떠올랐다.

어찌 보면 마도인들은 도움을 청하려고 왔는데, 그런 그들
이 이런 식으로 나올 줄은 예상하지 못했던 것이다.

그러나 기개세를 비롯한 일행은 표정의 변화도 없이 묵묵
히 서 있기만 했다.

난감해진 춘몽은 두 손을 허리에 얹고 날카로운 목소리로 마도인들을 다그쳤다.

"당신들이 천문주를 만나기를 원해놓고서 이제 와서 예도 취하지 않는 것은 무슨 뜻인가요?"

"천문주를 만나려고 한 것과 예를 갖추는 것은 다르오."

마도인 중에서 누군가 자욱이 깔린 어둠 같은 음습한 목소리로 말했다.

춘몽은 목소리가 흘러나온 오른쪽을 신경질적인 눈빛으로 쳐다보았다.

그녀의 시선 끝에는 흑포를 입은 오십대 중반의 나이에 광대뼈가 나오고 턱이 뾰족하며 수염이 없는 강파른 인상의 인물이 기개세를 주시하면서 앉아 있었다.

그를 쏘아보는 춘몽의 아미가 상큼 치켜올라 갔다.

"오악루주, 쌀을 얻으러 왔으면서도 고개는 숙이지 않겠다는 건가요?"

흑포인 오악루주는 춘몽의 극단적인 비유가 못마땅한지 가볍게 뺨을 씰룩였으나 입을 굳게 다물었다.

그때 다른 방향에서 카랑카랑한 목소리가 대꾸했다.

"굶고는 있으나 구걸하러 오지는 않았소."

왼쪽에서 들려온 목소리의 주인은 역시 검은 흑삼을 입고 있는 인물이었다.

마도인들은 검은색이나 핏빛을 좋아하기 때문에 흑의나

혈의를 입는 것은 조금도 이상한 일이 아니었다.

춘몽은 마도인치고는 제법 청수한 용모에 사십대 후반의 나이, 검은 수염을 기른 흑삼인을 쏘아보았다.

"그렇다면 잘못 찾아온 모양이군요, 마군림주. 우린 절을 받기 전에는 적선을 해줄 생각이 없어요."

"우린?"

마군림주는 춘몽이 '우리'라고 한 말에 예민하게 반응했다.

그녀가 '우리'라고 한 것은 자신이, 아니, 옥마제와 적마제까지 세 사람이 더 이상 마도인이 아니라 천검신문 휘하라고 말한 것이나 다름이 없기 때문이다.

"자, 우리도 앉지."

그때 기개세가 말하면서 자리에 털썩 앉자 그 뒤에 나운상과 천검사신위, 옥마제, 적마제가 따라서 앉았다.

춘몽은 가볍게 놀라는 표정을 지었으나 곧 입술을 깨물며 기개세에게서 약간 떨어진 옆쪽에 앉았다.

그녀가 마도와의 중재를 자임하고 나섰기 때문에 끝까지 책임을 다하려는 것이다.

마도인들의 인사를 받지 못한 것이 못내 찜찜했으나 그녀는 그냥 참기로 했다.

실내에는 의자도 탁자도 없기 때문에 모두들 바닥에 앉아 있는 상태였다.

마도인들의 시선이 방금 말을 한 기개세에게 집중되어 있었다.

그들은 굳게 침묵하면서 제구대 천문주를 뜯어내듯이 살펴보기 시작했다.

기개세는 마도인들이 충분히 살펴보도록 잠시 시간을 주었다. 그것은 얼마 전까지만 해도 그에게 없었던 여유다.

옛말에 여유가 있으면 양보하려는 마음이 생기고[讓生於有餘], 부족함이 있으면 다투려는 마음이 생긴다[爭起於不足]라고 했다.

지금 여유가 있어서 양보하는 쪽은 기개세고, 부족함 때문에 마음이 강팍해진 것은 마도인 쪽이다.

이곳에 있는 마도인은 모두 십오 명이다. 그런데 그들은 하나같이 기개세가 생각보다 어리다는 사실을 제외하고는, 그에게서 아무런 흠도 발견할 수가 없었다.

어리다는 것. 아니, 젊다는 것은 능력이 뒷받침되어 준다면 추호도 흠이 될 수가 없다.

일단 마도인들은 눈으로 살펴본 천문주에게 후한 점수를 주기로 했다.

그러나 중요한 것은 알맹이다. 마도인들은 이제부터 그것을 알아보려고 단단히 별렀다.

"다들 말을 아끼고 있으니 내가 먼저 말을 하겠다."

말을 하겠다는 어떠한 예비 동작도 없이 기개세가 불쑥 말문을 열었다.

그런데도 마도인들은 아무런 반응도 보이지 않았다. 골수까지 마도지기가 배어 있는 인물들을 동요하게 만드는 일은 그리 만만한 일이 아니다.

기개세는 수없이 밀어닥치는 파도에도 끄떡하지 않는 바닷가의 바위처럼 굳건한 자세로 말을 이었다.

"삼황사벌의 침공이 임박했다."

그는 처음부터 거침없이 하대를 했다. 추호의 망설임도 없고, 내가 하대를 하면 상대의 반응이 어떨 것인가 조심하는 기색도 없다.

춘몽이 마도인들에게 인사를 하라 마라 한바탕 실랑이를 벌였으나, 기개세의 하대가 이미 마도인들에게 인사를 받은 것 이상의 효과를 내면서 그들을 저 아래로 떨어뜨려 버렸다.

"그래서 제구대 천문주인 내가 현세에 출현했다. 지금까지 천검신문이 이천삼백여 년 동안 그래 왔던 것처럼, 이번 삼황사벌의 중원침공을 격퇴하고 나면 나와 천검신문은 천하에서 사라질 것이다."

모두들 알고 있는 사실을 기개세가 새삼스럽게 말하는 이유는, 쓸데없는 밀고 당기기로 아까운 시간과 정력을 낭비하지 말자는 뜻이었다.

그리고 마도인들은 기개세의 뜻을 충분히 알아들었다.

삼황사벌만 격퇴시키고 나면 마도는 마도대로, 정파는 정

파대로 원래의 길을 가면 된다. 삼황사벌이라는 외침(外侵)
앞에서만큼은 정도 마도 아닌 중원인이라는 이름으로 뭉치자
는 기개세의 말뜻이었다.

　기개세가 많은 말을 하지도 않았는데 마도인들은 저 아래
로 떨어져 있다가 아예 바닥에 가라앉아 버렸다. 뭐라고 반박
할 말이 없기 때문이다.

　춘몽에게 그다지도 깐깐하게 굴었던 마도인들이지만, 결
국 기개세 앞에서는 배가 고파서 쌀을 동냥하러 온 모양새가
되어버렸다.

　천검사신위는 마도인들과의 만남이 매우 껄끄러워질 것이
고 어쩌면 극한 상황까지 이르게 될지도 모른다고 내심 염려
하고 있었다.

　하지만 지금으로 봐서는 그것은 기우에 불과했다. 기개세
는 기대했던 것 이상으로 아주 훌륭하게 잘해내고 있었다.

　기개세는 천천히 마도인들을 한 명씩 쓸어보았다. 그와 시
선이 마주친 마도인은 부지중에 몸이 경직됐으며 바짝 긴장
하는 표정을 지었다.

　이윽고 살펴보기를 마친 기개세가 빙그레 미소를 지었다.
“이봐, 도기운.”
“말씀하십시오.”

　도기운은 앉은 채 두 손으로 바닥을 짚고 이마를 바닥에 대
며 더없이 공손한 자세를 취했다.

마도인들은 도기운이 누군지 너무도 잘 알고 있었다. 그뿐만이 아니라 나궁조나 담무혁, 우지화에 대해서도 꿰듯이 잘 알고 있는 상태다.

처음에 마도인들은 기개세가 아니라 천검사신위를 보고 적잖이 긴장했을 정도였다.

그런데 도기운이 바닥에 납작하게 엎드리자 마도인들은 새삼 천문주의 위상이 하늘을 찌른다는 사실을 실감하는 표정을 지었다.

기개세가 입가에 미소를 머금고 유생이 시를 읊듯이 청아한 목소리로 말했다.

"나는 평소에 마도 친구들이 삼목사비(三目四臂:눈이 세 개에 팔이 넷)의 괴물처럼 생긴 줄 알았는데 이제 보니까 우리 천검사신위하고 별로 다르지 않은 모습들이구나."

정파의 거물들이나 마도의 거두들 모두 같은 중원인이라는 깊은 뜻인데, 말 그 자체로도 팽팽하던 분위기를 고자누룩하게 만들었다.

"자, 이렇게 모처럼 만났으니까 하고 싶은 말이 있으면 모두들 기탄없이 꺼내봐라."

너스레를 떨고 난 기개세는 예의 눈부시게 아름다운 미소를 지으면서 자리를 편하게 고쳐 앉았다.

그의 말인즉, 마도인들이 동냥을 하러 왔으니 각자 무엇이 필요한지 원하는 것을 말해보라는 것이었다. 또한 말을 하면

주겠다는 넉넉함도 내비쳤다.

동냥을 하러 온 거지를 대하는 방법은 여러 가지다.

그중에서 춘몽은 거지의 동냥 바가지를 깨뜨려 버리는 방법을 선택했다.

그러나 기개세는 거지를 위로하면서 동병상련의 느낌이 들도록 한 것이다.

춘몽 이하 기개세 쪽 사람들은 이번에도 역시 기개세의 위풍당당함과 뛰어난 임기응변에 감탄을 금치 못했다.

그런데 아까부터 춘몽은 전면 왼쪽에 앉은 다섯 인물 중에서 한 인물에게 자꾸 시선이 갔다.

그자는 육십여 세의 나이에 체구가 크고 혈포를 입었으며 각짓동 같은 모습에 험상궂은 외모를 지녔다.

그는 바로 삼황사벌에게 거의 넘어가고 있는 십마부의 부주인 태마존이었다.

삼황사벌과의 동맹을 반대하고 있는 십마부 네 명의 마존에게, 일단 천문주를 한 번 만나보기나 하자고, 거의 끌려오다시피 이곳에 온 것이다.

바로 그 태마존이 제일 먼저 입을 열었다.

"우리가 도와서 삼황사벌을 물리치게 된다면 우리에게 무엇을 줄 수 있소?"

기개세는 빙그레 미소 지었다.

"더럽혀지지 않은 마도의 이름과 너의 집을 주겠다."

그의 말은 결국 아무것도 주지 않겠다는 것이었다.

그렇지만 ‘마도’ 그리고 ‘십마부’ 라는 이름이 삼황사벌에게 중원을 팔아먹었다는 오점을 남기지 않는 것과 집, 즉 십마부를 온전히 지켜주겠다는 것은 자존심을 최고의 가치로 삼고 있는 마도인들에게는 어쩌면 더할 나위 없는 보장이라고 할 수 있었다.

욕심스러운 태마존의 물음에 기개세는 정공법으로 밀고 나간 것이다.

“깨끗한 이름과 집이라…….”

오늘 이곳에 모인 마도인 중에서 최고로 까다로운 존재라고 할 수 있는 태마존은 짧은 수염을 만지작거리면서 고개를 모로 꼬며 중얼거렸다.

그러더니 문득 기개세를 똑바로 주시하며 손가락 하나를 세워 보였다.

“거기에 하나를 더 약속해 주시오.”

“말하라.”

“십마부가 천하를 구하는 데 일조했다는 사실을 기록으로 남기고 또한 명예를 약속하시오.”

전혀 예상하지 못했던 요구에 모두들 안색이 변했다.

기개세는 선선히 고개를 끄덕였다.

“너희가 내 휘하에 들어오면 당연히 그렇게 될 것이다.”

태마존은 단정하게 자세를 고쳐 앉았다.

"주군의 뒤쪽 어디쯤에 앉으면 되겠습니까?"

그의 돌연한 태도 변화에 기개세를 제외하곤 놀라지 않는 사람이 없었다.

*　　*　　*

해시(亥時:밤 10시) 무렵의 낙성검가.

실내의 사람들 얼굴에는 누구 할 것 없이 초조한 기색이 역력하게 떠올라 있었다.

정갈하면서도 고풍스러운 넓은 실내의 커다란 탁자에는 다섯 사람이 마주 본 자세로 앉아 있고, 한 사람이 실내를 오락가락하고 있으며, 입구와 창 쪽에 한 사람씩 두 명이 서 있는 광경이다.

초조한 표정으로 실내를 오락가락하고 있는 사람은 다름 아닌 천불지도의 불도주 독고비다.

입구와 창 쪽에 서 있는 사람은 일남일녀인데, 독고비의 그림자 같은 심복수하인 대곤과 청향이다.

그리고 탁자의 한편에는 대정총장 풍천과 정경장로 장가서가, 그리고 맞은편에는 유당환과 유석, 손진이 나란히 앉아 있는데, 유당환과 유석, 손진을 제외하곤 모두들 매우 초조한 표정들이다.

독고비 일행은 오늘 천문주를 만나려고 사시(巳時:오전 10시)

에 낙성검가에 도착했다. 약속 시간은 정오지만 그보다 훨씬 일찍 온 것이다.

이곳에 온 지 벌써 다섯 시진이나 지났으나 독고비 일행 중에서 화를 내거나 불쾌하게 여기는 사람은 아무도 없었다.

천문주가 급하게 마도인들을 만나러 갔다는 사실을 알게 되었기 때문에 불쾌하게 여기기보다는 천문주의 안위와 그 결과가 궁금해서 초조해하고 있을 뿐이었다.

그중에서도 제일 초조한 사람은 독고비다. 그리고 풍천이나 장가서는 그녀의 그런 모습을 조금도 이상하게 생각하지 않았다.

평소에 독고비는 천방지축이고 활달하며 예측하기 어려운 돌출행동을 자주 저질러서 천불지도 사람들의 애를 먹이고 있었다.

하지만 무림과 천하의 안위와 평화를 위해서 그녀만큼 염려하는 사람을 찾아보기 어려우며, 또한 무서운 집념과 타의 추종을 불허하는 총명함을 지녔다는 사실을 너무도 잘 알고 있는 천불지도 사람들이다.

지금 독고비가 천검신문과 마도의 원만한 타협인가 아니면 충돌인가 때문에 초조해하는 모습을 보이고 있는 것이 그녀의 진실한 모습이었다.

뚝.

그때 독고비가 걸음을 멈추고 입구를 바라보며 중얼거렸다.

"이렇게나 늦다니……. 무슨 일이 생긴 것은 아닐까요?"

그 말에 유석이 빙그레 미소 지으며 대답했다.

"천문주에게 무슨 일이 생기기보다는 하늘이 무너지는 쪽을 바라는 것이 더 빠를 것입니다."

이보다 더 확고한 믿음이 담긴 말은 없을 것이다.

독고비나 풍천, 장가서 등은 천문주가 마도인들을 잘 설득해서 조력자로 만들면 천만다행이라고 생각한다.

하지만 그러지 못하고 오히려 일이 잘못돼서 싸움이 벌어진다든지, 아니면 삼황사벌의 함정이었다면, 그래서 천문주의 신변에 무슨 일이라도 생기면 그것이야말로 천하에 둘도 없는 큰일이라고 생각하고 있었다.

그러므로 이번 일은 일익구해(一益九害), 즉 십 중에서 이익은 하나뿐이고 손해가 아홉이라고 여기는 것이다.

그렇기 때문에 만약 자신들이 있었으면 쌍수를 들어서 천문주를 가지 못하게 만류했을 터이다.

독고비 일행의 긴장과 걱정은 시간이 흐를수록 점점 더 심해지다가 마침내 최고조에 이르렀다.

시간이 더 흘러서 자정이 넘도록 천문주가 돌아오지 않았기 때문이다.

"천문주께서 마도인들을 만나는 장소가 어딘가요?"

마침내 독고비는 유당환 등에게 그렇게 묻기에 이르렀다.

하지만 쉽게 대답할 유당환이 아니다.

"지금 천문주께서 위급한 상황에 처하셔서 도움의 손길을 원하고 계실지도 모르잖아요?"

독고비가 애면글면 속을 끓이면서 애원을 해도 유당환 등은 요지부동이었다.

"정말 말씀해 주시지 않을 건가요?"

독고비는 유당환 등에게 바짝 다가들며 쟁 하는 목소리로 재차 물었다.

그래도 유당환 등은 천문주의 생사에는 관심조차 없다는 듯 너누룩한 표정들이다.

만약 이 자리에 풍천과 장가서만 없었다면, 독고비는 예전에 누군가에게 그랬던 것처럼 유당환에게 매질을 해서라도 실토를 받아냈을 것이다.

"불도주."

독고비가 두 손으로 탁자를 짚고 상체를 유당환들 쪽으로 바짝 들이미는 것을 보고 풍천이 나직이 불렀다.

다혈질적 성격인 독고비는 자신이 너무 격해져서 유당환 등에게 조널이 굴었다는 사실을 깨달았으나 사과 같은 것은 하지 않았다. 그러기에는 지금 그녀의 마음이 너무 격해진 상태였다.

그런데 그때 바깥이 갑자기 소란스러워졌다. 여러 사람들이 왁자하게 떠드는 소리에다가 누군가 큰 소리로 노래까지 부르는 것이 아닌가.

자정이 넘은 조용한 시각에, 그것도 천문주의 거처에서 노래를 부르면서 떠들다니 있을 수 없는 일이다.

그런데 독고비는 유당환 등이 오히려 빙그레 미소를 짓는 것을 발견하고 의아한 표정을 지었다.

문득 독고비는 뇌리를 스치는 생각이 있어서 문 바깥을 가리키면서 물었다.

"혹시… 천문주께서 오신 건가요?"

무엇이 그리 좋은지 유당환은 연신 싱글벙글 웃으면서 고개를 끄덕였다.

"그렇소."

"그렇다면… 혹시 지금 노래를 부르는 분이?"

"바로 맞혔소."

노래를 부르는 장본인이 천문주라는 것이다.

"……"

독고비는 할 말을 잃어버렸다. 자고로 전설의 천검신문 천문주라면 뭔가 대단히 존엄하고 신비로워서 감히 쳐다보지도 못할 정도라고 예상했는데, 이것은 예상이 빗나가도 너무 빗나갔다.

독고비는 풍천과 장가서를 쳐다보았다. 그런데 그들도 빙그레 미소를 짓고 있는 것이 아닌가.

웃고 있다는 것은 천문주의 이런 점에 대해서 잘 알고 있다는 뜻이다.

그녀는 자신이 괜히 꿔다 놓은 보릿자루 같다는 생각에 기분이 머슬머슬해졌다.

떠드는 소리와 노랫소리는 멀어지는 것 같더니 다시 가까워지고 있었다.

아마도 다른 곳으로 가려다가 이곳에서 불도주 등이 기다리고 있다는 전갈을 받은 모양이다.

어쨌거나 상대가 천문주이기 때문에 독고비는 적잖이 긴장한 모습으로 옷매무새를 고쳤다.

그러면서 마음속으로는 천문주가 무사히 돌아와서 정말 다행이라는 생각을 했다.

그리고 앉아 있던 사람들 모두 분분히 일어나서 문 양쪽에 늘어섰다.

잠시 후 문밖이 저잣거리처럼 시끄러워지더니 곧 문이 열리고 일단의 사람들이 쏟아져 들어왔다.

그러나 독고비는 천문주의 얼굴을 보지 못했다. 실내의 사람들이 일제히 허리를 깊숙이 숙였기 때문에 그녀도 최대한 공손히 예를 취했다.

"어이! 풍천, 장가서, 오랜만이로군! 반갑네!"

혀가 꼬이기는 했으나 매우 낭랑하고 청아한 목소리가 실내를 울렸다.

독고비는 깜짝 놀랐다. 풍천과 장가서는 대정숙의 총장과 정경장로인 동시에 천불지도의 천불십팔숙이라는 쟁쟁한 신분을 지니고 있다.

그런데 천문주라고 예상되는 인물이 두 사람을 마치 자신의 수하처럼 예사롭게 부르는 것이 아닌가.

"일찍 찾아뵙지 못해서 송구스럽습니다."

그런데 두 사람은 천문주가 자신들의 이름을 불러준 것이 황송하다는 듯한 목소리로 화답했다.

"그런 자세로 있으니까 얼굴을 볼 수가 없군."

허리를 펴라는 소린가 보다 하고 독고비가 허리를 펴려는데 옆에 선 풍천이 급히 전음을 보냈다.

[아직 아니오.]

순간 독고비는 발끈했다. 그러나 바로 그때 이곳에 오기 전에 풍천이 해준 말이 생각났다.

"천문주께선 대명의 황제보다 더 높은 곳에 계신 분이니 행동에 각별히 조심하시오."

대명의 황제를 하늘의 아들, 곧 천자(天子)라고 한다. 그런데 천문주가 천자보다 높은 곳에 있다면, 그가 바로 하늘[天]이라는 뜻이 아닌가.

그리고 지금 그 존엄한 하늘 앞에 독고비가 허리를 굽히고 있는 것이다.

“모두 허리를 펴도록 하라.”

하나의 목소리가 실내를 울렸다.

그제야 독고비는 조심스럽게 허리를 펴고 재빨리 전면을 쳐다보았다.

“……!”

순간 그녀는 적잖이 놀란 표정을 지었다. 전면에 세 사람이 술에 취해서 벌겋게 달아오른 얼굴로 어깨동무를 하고 있는 광경을 발견한 것이다.

그들은 무엇이 그리 좋은지 환하게 웃고 있으며, 복판에는 준수한 청년이, 왼쪽에는 절색미녀가, 그리고 오른쪽에는 으스스한 외모의 흑포인이 마치 죽마고우라도 되는 양 어깨동무를 한 채 아직도 흥이 가라앉지 않았는지 연신 어깨를 들썩거렸다.

복판의 청년은 기개세이고, 왼쪽은 나운상, 오른쪽은 마도오세의 십마부 부주 태마존이다.

그리고 그들 뒤에는 천검사신위와 춘몽, 옥마제, 적마제, 그리고 오악루와 마군림의 마도인들이 뒤섞인 채 서 있었다.

정파인과 마도인은 누가 보더라도 한눈에 구별을 할 수가 있다. 옷차림도 그렇지만 풍기는 기운이 다르기 때문이다.

게다가 이들은 정파와 마도의 기둥이나 다름이 없는 거물들인데도 한데 뒤섞여 있으니, 이런 일은 전대미문이라고 할 수 있을 것이다.

술을 과하게 마신 춘몽과 옥마제는 서로 얼싸안은 채 제 세상을 만난 듯한 모습이고, 마도인들도 술에 취해서 매우 기분이 좋은 듯 미소를 짓고 있다.

천검사신위의 도기운마저도 얼굴이 불그스름하게 달아올라서 흐뭇한 미소를 짓고 있으니, 나궁조와 담무혁, 우지화는 말할 필요가 없을 터이다.

이들이 이런 모습이 된 것은 백화각에서 모두 한데 어울려 너나 할 것 없이 술을 마셨기 때문이다.

가장 껄끄러운 존재였던 십마부주 태마존이 천문주에게 크게 감복하여 폭삭 엎어져서 수하임을 자처하고 나서자, 오악루와 마군림 인물들은 길게 말할 필요도 없이 천문주의 휘하로 들어왔다.

그것을 자축하기 위해서 기개세가 술과 요리를 들여오게 했고, 그때부터 흐벅지게 술판이 벌어졌다.

어설프게 술을 마시는 흉내만 내는 것은 기개세가 용서하지 않았다.

그런 사람에게는 벌주를 곱절로 마시게 했고 또 노래를 부르도록 벌칙을 내렸다.

천검사신위도 예외일 수 없었다. 기개세는 술자리에서 천검사신위와 마도인들을 똑같이 취급했다.

백주홍인면(白酒紅人面), 흰 술은 사람의 얼굴을 붉어지게 만든다고 했다.

처음에는 경직된 분위기에서 눈치를 보며 쭈뼛거리던 사람들도 연거푸 술이 들어가고 취기가 오르자 분위기가 슬슬 고조되기 시작했다.

자고로 술에는 장사가 없는 법이다. 그러고는 몇 시진이 지나지 않아서 모두들 오래전부터 잘 알고 지냈던 사람들처럼 친해졌다.

독고비는 기개세가 천문주일 것이라고 한눈에 알아보았다.

하지만 그녀는 기대했던 천문주의 모습이 아니라서 실망을 했으며 거나하게 술에 취한 헤픈 모습 때문에 절로 눈살까지 찌푸려졌다.

"하하핫! 아버님, 기분이 좋아서 한잔했습니다!"

기개세는 양팔로 나운상과 태마존을 어깨동무한 채 유당환을 보며 유쾌하게 웃었다.

유당환은 빙그레 미소 지었다.

"잘하셨습니다."

그는 굳이 설명을 듣지 않아도 갔던 일이 매우 잘됐다는 것을 한눈에 간파했다.

기개세는 어깨동무하고 있던 태마존을 유당환 앞으로 밀며 어깨를 탁 쳤다.

"태마존, 인사드려라. 내 아버님이시다."

태마존은 언제 취했느냐는 듯 자세를 바로 하고 유당환에게 공손히 허리를 굽혔다.

"인사드립니다. 십마부주 태마존입니다."

그러자 오악루주와 마군림주, 그리고 마도인들이 줄줄이 유당환에게 공손히 예를 갖추었다.

그 광경을 보면서 독고비와 풍천, 장가서는 눈을 의심할 정도로 놀랐다.

당금 무림의 마도를 이끌고 있는 마도오세 중에서 삼세인 십마부와 오악루, 마군림의 우두머리들이 천문주를 따라와서 의부(義父)에게 인사를 하고 있는 것이다.

풍천과 장가서는 그 광경을 보고는 천문주가 마도인들을 만나러 갔던 일이 어떻게 됐는지 단번에 알아차렸다. 모조리 수하로 만들어서 데리고 온 것이다.

풍천과 장가서는 괜히 자신들이 의기양양해서 독고비를 쳐다보며 어떠냐는 듯한 표정을 지었다.

그러나 독고비는 천문주라는 사람을 도대체 어떻게 이해해야 할는지 갈피를 잡지 못했다.

第九十一章
삼황사벌의 침공

대사부

실내는 한바탕 폭풍이 지나가고 한료해졌다.

마도인들은 모두 낙성검가의 별채로 쉬러 갔다.

기개세는 언제 취했었느냐는 듯 말짱한 얼굴로 단정하게 앉아 있고, 그 뒤에는 나운상, 그리고 그 뒤에 천검오신위가 도열해 서 있었다.

기개세가 앉아 있는 탁자 맞은편에는 독고비와 좌우에 풍천, 장가서가 나란히 서 있는데, 기개세가 침묵을 지키고 있어서 그저 묵묵히 서 있을 뿐이다.

"일단 앉게."

이윽고 기개세가 가볍게 고개를 끄덕이며 턱으로 탁자 맞은편을 가리켰다.

하지만 독고비 등은 감히 천문주와 마주 앉지 못하고 그대로 서 있었다.

독고비는 아까 흥청거리던 분위기 속에서의 천문주 모습과 지금의 모습이 판이하게 달라져서 내심 적잖이 놀라고 있는 중이었다.

아까의 천문주가 술주정뱅이 같았다면, 지금의 그는 천문주다운 풍모를 지니고 있었다.

"도기운, 너희들이 앉아야 저들도 앉을 모양이다."

기개세의 말에 도기운 이하 천검오신위들이 일제히 독고비와 풍천, 장가서를 쳐다보았다.

도기운 등이 단지 쳐다보는 것만으로도 풍천과 장가서는 움찔하며 주눅이 드는 듯했다.

도기운은 강남무림의 절대자다. 소림사 장로인 풍천과 무당파 외도장로인 장가서하고는 격이 다르다.

설사 소림 장문인과 무당장교가 이 자리에 있다고 해도 도기운에게 무조건 한 수 양보할 것이다.

풍천과 장가서는 도기운이 보내는 무언의 압력에 밀려서 독고비를 의자 쪽으로 이끌고 자신들은 그 뒤에 섰다.

천검오신위가 천문주와 나란히 앉지 못하듯이, 풍천과 장가서도 불도주와 합석하지 못하는 것이다.

이제나저제나 자신을 소개할 기회를 노리고 있던 독고비

는 자리에 앉기 전에 비로소 두 손을 앞으로 모아 포권을 하고 고개를 숙이려고 했다.

그때 기개세가 불쑥 말문을 열었다.

"천검신문과 천불지도는 한 몸처럼 움직여야만 한층 효과적으로 삼황사벌을 상대할 수 있을 것이다."

독고비는 숙이려던 고개를 들고 기개세를 바라보았다.

어떤 사람은 마음속으로 나름대로의 순서를 정해놓고서 그것에 따라 행동을 하는데, 만약 앞쪽 순서가 해결되지 않으면 진도를 나가지 못하는 경우가 있으며, 독고비가 그런 유의 성격을 지니고 있었다.

그녀는 기개세가 말을 이으려고 할 때 톡 끊으며 또랑또랑하게 말했다.

"그래서……."

"소녀가 인사를 할 수 있는 기회는 언제 주실 건가요?"

풍천과 장가서는 깜짝 놀라서 독고비를 쳐다보았다. 그러나 그녀는 아예 한술 더 떴다. 기개세를 빤히 바라보면서 당돌하게 요구한 것이다.

"서로 통성명이 이루어져야 대화를 진행할 수 있는 것 아닌가요?"

언행을 조심하라고 그렇게 주의를 주었건만, 안에서 새는 쪽박이 바깥에서도 새버리자 풍천과 장가서는 전전긍긍 어쩔 줄을 몰라 했다.

그렇지만 풍천과 장가서는 아직도 독고비라는 소녀에 대해서 모르는 것이 너무 많았다.

기개세는 까다로운 사람이 아니다. 그는 가볍게 고개를 끄덕여 허락했다.

"해라."

풍천과 장가서는 살얼음을 밟으면서 강을 건너고 있는 표정으로 상황을 지켜보았다.

보통 사람들은 이런 경우, 즉 하라고 멍석을 깔아주면 잘 못하는 것이 다반사인데, 독고비는 넙죽 잘도 한다.

"소녀는 제이대 불도주예요."

기개세는 알았다는 듯 고개를 끄덕이고는 조금 전에 하려던 말을 이었다.

"그래서……"

"통성명이 한쪽의 신분만 밝히는 것이 아니라는 것쯤은 알고 계시죠?"

이번에도 독고비가 기개세, 아니, 대명의 황제보다 높은 곳에 있다는 천문주의 말을 끊었다.

풍천과 장가서는 정수리에 벼락이 꽂힌 듯이 놀라서 오금이 저렸으나 독고비의 당돌함은 거기에서 그치지 않았다.

"당신의 이름을 알고 싶어요."

'다… 다… 당신!'

풍천과 장가서는 아예 졸도할 것처럼 혼비백산했다.

그때 기개세 뒤에 서 있던 나운상이 얼굴에 한 겹 서리가 깔린 듯 싸늘한 모습으로 입을 열었다.

"당신들은 이제 그만 돌아가는 것이 좋겠군요."

축객이다.

풍천과 장가서는 올 것이 왔다는 듯 얼굴이 하얗게 변했다. 독고비의 방약무인한 행동으로 봤을 때 축객은 그나마 가벼운 질책이었다.

자신의 소신을 굽히지 않고 밀고 나가던 독고비도 이번만큼은 흠칫 안색이 가볍게 변했다.

나운상의 목소리는 조금 더 차가워졌다.

"이후 천불지도는 천검신문과 상관없이 독자적으로 활동하도록 하세요."

축객에 이어 퇴출이다.

하얗게 변했던 풍천과 장가서의 얼굴은 사색이 되었고, 자신들도 모르게 부르르 몸을 떨었다.

천불지도 혼자 삼황사벌을 상대한다는 것은 있을 수도, 생각할 수도 없는 일이다.

독고비도 눈을 커다랗게 뜨고 입을 약간 벌린 채 놀라는 표정을 지었다. 그녀는 일이 이렇게까지 돼버릴 줄은 추호도 예상하지 못했었다.

독고비와 풍천, 장가서는 기개세와 도기운 등을 쳐다보

왔다.

하지만 그들은 아무렇지도 않은 듯 묵묵히 침묵을 지키고 있을 뿐이다.

"그만 가요."

나운상이 말하면서 기개세의 팔을 잡았다.

방금 그녀가 한 말이나 지금 취하고 있는 행동은 그녀의 지위와 입지를 공고하게 만드는 지렛대 역할을 하고 있었다.

그녀의 공식적인 지위는 천검사영의 한 명이지만 지금까지 그녀는 그 이상의 행동을 보여왔다.

천문주 기개세가 가는 곳이면 어디든지 동행했다. 심지어 침실까지.

슥—

기개세는 묵묵히 일어나 나운상과 어깨를 나란히 하고 문 쪽으로 걸어갔다.

방금 나운상이 보여준 일련의 행동은, 그녀가 천검사영에서 '천문주의 여자'로 수직상승했음을 증명했고, 기개세는 그것을 인정했다.

저벅저벅.

천검오신위마저도 몸을 돌려 기개세의 뒤를 따르자 독고비의 안색이 백지장처럼 새하얗게 질렸고 작고 아담한 교구가 바르르 전율을 일으켰다.

'내… 가 일을 망쳤어…….'

지금 이 순간 그녀는 사사로운 자신의 욕구가 천불지도를 폭풍우 몰아치는 망망대해 한가운데에서 표류하게 만들었다는 사실을 깨달았다.

"음. 불도주, 대체 어쩌자고……."

"천문주에게 인정을 받지 못하면… 천불지도는 무림의 변방으로 밀려날 수밖에 없소."

풍천과 장가서는 끝없는 나락으로 가라앉으면서 착잡하게 말했다.

천검오신위가 물러간 후 기개세와 나운상은 나란히 자신들의 거처로 향하고 있는 중이었다.

"잘 드는 칼을 만들기 위해서는 처음부터 담금질을 잘해야만 해요."

기개세의 팔을 가슴에 꼭 끌어안은 채 걸어가면서 나운상은 잔뜩 애교 섞인 목소리로 속삭였다. 불도주 독고비를 한 자루 칼에 비유한 것이다.

"또한 섣부른 칼은 주인의 손에 상처를 입히기도 하니까요."

그녀의 말인즉 독고비를 단단히 교육시키겠다는 뜻이다.

"담금질을 해야 하는 칼이 망치를 마다하면 칼 만들기를 포기하는 수밖에 없죠."

기개세는 빙그레 미소 지었다.

"상아는 이제 책사(策士)가 다 됐군."

칭찬을 들은 나운상은 가슴이 터질 듯이 기뻤다.

*　　　*　　　*

천검오군의 제삼군 천도군 휘하 제사단(第四團) 소속 제칠운(第七運) 팔십 명은 험준하게 솟은 바닷가 바위 사이에 숨어서 바다 쪽을 주시하고 있었다.

천검육호문의 하나인 뇌룡문은 하북성과 산동성, 강소성에 걸쳐서 도합 오십삼 개 문파를 휘하로 거느리고 있다.

이들 제칠운 고수들은 뇌룡문이 거느리고 있는 문파 중에서 산동성에 위치한 창룡검문(蒼龍劍門) 고수들이다.

제칠운 고수 팔십 명은 바닷가 삼백여 장에 걸쳐서 길게 펼쳐져 바위 사이에 은둔하고 있다.

때는 초겨울 십일월 중순의 이른 아침.

이들 팔십 명은 벌써 이틀째 이곳에서 꼼짝도 하지 않고 있는 중이다.

오 인 일 조를 이루어 잠은 돌아가면서 번갈아 자고, 벽곡단으로 식사를 해결하고 있다.

현재 하북성에서 산동성과 강소성에 이르는 동해안 바닷가 사천여 리는 천도군 오단(五團) 백오십운(百五十運) 도합

만 이천 명이 맡고 있다.

그때 수평선 저 멀리에서 한 척의 작은 배가 이쪽을 향해서 빠른 속도로 다가오기 시작했다.

소형 선박은 작은 체구에 날렵한 모양인 데 비해서 돛은 매우 컸으며, 바람을 한껏 받은 돛이 배를 나는 듯이 수면 위를 달리게 해주었다.

배는 잠깐 사이에 바닷가에 당도하더니 한 명이 바위로 뛰어내려 쏜살같이 위쪽으로 달려오면서 나직이 외쳤다.

"문주!"

그러자 어느 커다란 바위 뒤쪽에서 한 명의 고수, 즉 창룡검문주이며 칠운주인 인물이 빠르게 나타났다.

"무슨 일이냐?"

배에서 내린 고수는 칠운주에게 예를 취하고는 바다의 왼쪽, 즉 북쪽을 가리키며 빠른 어조로 보고했다.

"표적을 발견했습니다. 현재 이곳에서 십오 리 해상에서 북쪽으로 향하고 있습니다."

"틀림없느냐?"

"몇 차례나 확인했습니다. 틀림없습니다."

칠운주는 고개를 끄덕이고 나서 주위를 둘러보며 진중하게 명령했다.

"모두 출동하라."

말이 떨어지기 무섭게 수백 장 길이의 바위 사이에서 팔십여 명의 고수가 일제히 튀어나와 바닷가로 달려갔다.

잠시 후 그들은 커다란 바위들 사이에 감추어놓은 작은 배들을 끌고 나와 돛을 활짝 펼치고 일사불란하게 승선한 후 바다를 향해 출발했다.

특이한 점은, 이들 소형 선박들이 모두 검은색이고 돛마저도 검은색이라는 사실이다.

창룡검문은 바닷가인 청도현(靑島縣)에 위치해 있기 때문에 배를 다루는 데에는 귀신이었다.

출발한 지 한 시진이 지났을 때 제칠운의 소형 선박 열 척은 동해상에서 한 척의 거선을 발견했다.

거선은 언뜻 보기에도 상선인 듯했다. 또한 길이가 사십여 장에 달할 정도로 엄청난 규모였다.

거선, 아니, 상선의 돛대 꼭대기에서는 하나의 깃발이 해풍에 힘차게 펄럭이고 있었는데, 거기에는 '유주(遺珠)' 라는 두 글자가 수놓아져 있었다.

가장 앞선 소형 선박에 타고 있던 칠운주는 뚫어지게 주시하고 있던 상선에서 시선을 거두며 중얼거렸다.

"유주상단(遺珠商團)의 상선이 틀림없군."

옆에 서 있던 부운주(副運主)가 고개를 끄덕였다.

"상선의 외형도 우리가 찾는 표적과 정확하게 일치합니다."

칠운주는 여기저기 흩어져 있는 칠운 소속의 소형 선박들을 둘러보면서 명령했다.

"표적과의 거리를 지금의 두 배로 늘리고 추적하면서 밤이 되기를 기다린다."

이곳 해상은 육지에서 멀지 않기 때문에 여기저기 꽤 많은 고깃배들이 흩어져 있는 탓에 칠운 소속의 배들이 상선으로부터 의심받는 일은 없을 것이다.

원래 어떤 배든지 바다를 건너는 항해가 아닐 경우에는 육지하고 일정한 거리를 둔 채 항해를 하는 것이 원칙이다.

그런 원칙에 입각했기 때문에 표적인 유주상단의 상선들을 찾아낼 수 있었다.

바다에 어둠이 찾아오고도 꽤 오랜 시간이 흐른 건시(乾時:밤 9시) 무렵.

유주상단의 상선은 밤에도 멈추지 않고 계속 항해를 하고 있는 중이었다.

그것은 상선을 몰고 있는 자가 이 근처 해역을 잘 알고 있다는 뜻이다.

[백여 장 거리로 접근하면서 대궁(大弓)을 준비하라.]

칠운주가 전음으로 내린 명령이 빠르게 휘하의 소형 선박으로 전해졌다.

오래지 않아서 열 척의 소형 선박이 후방과 전후 삼면에서 상선을 향해 귀신처럼 접근해 갔다.

배 전체가 검은색이고 돛마저도 검기 때문에 상선에서 발견한다는 것은 거의 불가능한 일이었다.

칠운 휘하의 열 척의 소형 선박은 상선을 향해 빠르게 접근하는 한편, 배 앞갑판의 돌출된 물체에 덮여 있는 커다란 천을 벗겨냈다.

그러자 갑판에 단단하게 고정된 하나의 커다란 대형 활, 즉 대궁이 모습을 드러냈다. 폭이 무려 일곱 자에 달하는 엄청난 크기이다.

고수들의 움직임이 빨라졌다. 그들은 익숙한 솜씨로 대궁에 굵기가 손목 정도에 길이가 일 장이나 되는 하나의 화살을 재고는 두 명이 달라붙어 힘껏 잡아당겼다.

구우우…….

거의 같은 시각, 상선을 백여 장 거리 삼면에서 에워싸고 있는 열 척의 소형 선박에서도 대궁의 거대한 화살이 팽팽하게 당겨진 채 상선을 겨누고 있었다.

칠운주는 눈도 깜빡이지 않고 상선을 쏘아보다가 어느 순간 짧게 명령했다.

"불을 붙여라."

기다렸다는 듯이 한 명의 고수가 화섭자를 꺼냈고, 다른 고수가 기름 방망이에 불을 붙여 화살 끝에 갖다 댔다.

화악!

기름덩어리가 칭칭 묶여 있는 화살촉은 순식간에 불이 붙어 맹렬하게 타올랐다.

"발사."

투악!

칠운주의 명령이 떨어지자마자 화살을 잡아당기고 있던 두 고수가 손을 놓았다.

쐐애액!

귀청을 찢는 파공성과 함께 화살이 긴 불꼬리를 남기면서 상선을 향해 아스라이 멀어져 갔다.

그것을 신호로 다른 아홉 척의 소형 선박에서도 잇달아 불화살을 발사했다.

열 개의 불화살이 상선을 향해서 날아가는 동안 고수들은 재빨리 두 번째 화살을 장전했다.

최초에 발사된 열 발의 불화살은 하나도 빗나가지 않고 모조리 상선의 선실이나 갑판에 깊숙이 꽂혔다.

순간 상선 여기저기에서 놀라고도 다급한 외침이 어지럽게 터져 나왔다.

선실에서 무장을 한 자들이 마구 쏟아져 나왔다.

그때 두 번째 불화살이 허공을 가르고 쏘아가 상선 곳곳에 꽂혔다.

불화살이 선실이나 갑판에 꽂힐 때의 충격으로 불화살의 기름이 주위로 확 퍼지면서 불길이 번졌다.

상선의 고수들은 불화살을 뽑으려고 했으나 워낙 깊숙이 꽂혀서 쉽지가 않았다. 힘을 주니까 화살촉은 남겨둔 채 대만 부러졌다.

고수들이 캄캄한 바다를 두리번거리고 있을 때 소형 선박에서 세 번째 불화살이 발사되었다.

고수들은 중원어가 아닌 변방의 말로 소형 선박들을 가리키면서 악을 쓰듯이 소리쳤다.

그러나 소형 선박들은 세 번째 불화살을 발사한 직후 전속력으로 멀어져 갔다.

상선은 거대한 하나의 불덩어리가 되어 무섭게 타올랐다.

그 광경은 십여 리 떨어진 육지에서도 똑똑히 보였다.

칠운주와 휘하 고수 팔십 명과 처음에 수색을 하러 나갔던 고수 이십 명을 합쳐서 도합 백 명은 검을 뽑아 쥔 채 백사장에 늘어서 있었다.

저 멀리 이곳 백사장을 향해서 결사적으로 헤엄쳐 오고 있는 자들이 점점이 보였다.

그 점선은 불타고 있는 상선으로 이어져 있다. 즉, 상선에서 뛰어내린 삼황사벌의 고수들인 것이다.

그렇지만 헤엄쳐 오고 있는 자들은 그리 많지 않았다. 다 합쳐 봐야 오십여 명에 불과했다. 대다수는 상선에서 미처 탈출하지 못하고 불타 죽었다.

헤엄치고 있는 자들의 선두는 백사장에 검을 뽑아 들고 늘어서 있는 칠운 휘하의 고수들을 발견하고 선뜻 백사장으로 나오지 못하고 망설였다.

칠운 휘하의 고수들은 조금도 서두르는 기색 없이 여유있는 표정을 짓고 있었다.

사람이 언제까지 물에 떠 있을 수는 없는 노릇이다. 삼황사벌 고수들 중에 몇몇이 이를 악물고 눈을 번뜩이면서 천천히 백사장으로 오르기 시작했다.

스릉.

"헉헉헉……."

물에서 백사장으로 걸어나오며 온몸에서 물을 주룩주룩 흘리면서 어깨에 메고 있는 도를 뽑기는 뽑았는데 거칠게 숨을 몰아쉬느라 가슴과 어깨가 심하게 들썩였다.

그런 자들이 어느덧 십여 명으로 늘어났다. 하지만 그들은 백사장과 바닷물의 경계선에 늘어선 채 거친 숨을 몰아쉴 뿐 꼼짝도 하지 않았다.

그들은 뒤를 돌아보면서 동료들이 속히 나오기를 기다렸다. 오십여 명이 다 나오면 한번 싸워볼 만하다고 생각하는 모양이었다.

그때 칠운 휘하의 고수들이 천천히 뒤로 물러섰다.

그러고는 그중 오십 명 정도가 바닥에 놔두었던 활을 집어들었다.

그것을 보고 삼황사벌 고수들의 얼굴이 하얗게 질렸다. 그 즈음 그들의 수는 십오 명으로 불어나 있었다.

칠운의 궁수들이 화살을 재서 팽팽하게 잡아당기는 것을 보며 삼황사벌 고수들은 갈팡질팡하기 시작했다.

콰아앗!

그 순간 오십여 발의 화살이 일제히 발사되어 삼황사벌 고수들을 향해 번갯불처럼 쏘아갔다.

퍼퍼퍼퍽!

"크악!"

"흐아악!"

미친 듯이 도를 휘둘러서 화살을 튕겨내는 자도 있었지만, 대부분은 삼사 장 지척 거리에서 쏘아대는 화살에 속수무책으로 온몸을 내맡길 수밖에 없었다.

칠운의 궁수들이 두 번째 화살을 발사한 직후 거기에 서 있는 삼황사벌의 고수들은 단 한 명도 없었다.

물에서 백사장으로 나오려던 자들은 기겁을 해서 다시 물 속으로 뛰어들었다.

그들은 발이 물속 바닥에 닿는 곳에 우르르 모여서 극도로 긴장하고 두려운 표정으로 백사장을 뚫어지게 주시했다.

그러나 다음 순간 그들은 움찔 놀라더니 황급히 더 깊은 곳으로 미친 듯이 헤엄쳐 들어가기 시작했다.

칠운의 궁수들이 그들을 향해 화살을 겨누고 있는 것을 발견했기 때문이다.

콰아앗!

삼황사벌 고수들은 뒤통수 쪽에서 화살이 발사되는 소리를 듣고는 혼비백산해서 더 빨리 헤엄을 치던가 물속으로 곤두박질치듯 잠수를 했다.

퍼퍼퍼퍽!

"아악!"

"크애액!"

삼황사벌의 고수라고 해도 비명 소리는 다르지 않았다.

칠운의 고수들은 활쏘기를 멈추었다. 서두를 필요가 없기 때문이다.

백사장에 서 있는 것보다는 깊은 물 위에 떠 있는 쪽이 훨씬 힘들 것이다.

*　　　*　　　*

낙양성에 첫눈이 내렸다.

첫눈치고는 꽤 많이 내려서 낙성검가는 푹신한 흰 모피를 뒤집어쓰고 있는 듯했다.

기개세는 지난 사흘에 걸쳐서 천검오신위와 칠대명왕, 우

림, 나신효, 도격, 소효령의 생사현관을 소통시키고 환골탈태
와 벌모세수를 시켜주었다.

자신과 소옥군, 나운상, 소랑이 생사현관을 소통하고 환골
탈태와 벌모세수를 한 결과가 너무도 좋았기 때문에 사흘 밤
낮 그 일에만 매달렸다.

만약 시간적 여유가 충분하다면 천검신문 내의 모든 사람
에게 해주고 싶은 것이 그의 심정이었다.

기개세의 거처인 북두전(北斗殿) 어느 문 앞의 마당에 온몸
에 눈을 뒤집어쓴 한 사람이 문 쪽을 향해서 무릎을 꿇고 있
다.

그 사람의 몸에 수북하게 눈이 쌓여 있는 것으로 미루어 밤
새 그 자리에서 무릎을 꿇고 있었던 것 같다.

또한 몸에 쌓여 있는 눈에 조금의 균열도 없는 것으로 봐서
미동조차 하지 않았다는 것을 알 수 있었다.

무릎을 꿇고 있는 그 사람 앞쪽의 창 너머 방은 기개세의
침실이다.

통상적으로 기개세의 침실이라고 하면 소옥군과 나운상,
소랑 세 여자가 함께 동거를 하고 있는 곳이다.

그때 창 안쪽에서 여자의 절도있는 목소리가 들려왔다.

"주군, 식사가 준비되었습니다."

이어서 몇몇 사람들이 우르르 방을 나가는 기척과 방문이

닫히는 소리가 들렸다.

그러고도 한참이 지나서야 무릎을 꿇고 있던 사람이 천천히 눈을 떴다.

자정이 넘은 시각에 무릎을 꿇은 이후 처음으로 눈을 뜬 것이다.

고개를 푹 숙이고 있기 때문에 그 사람의 눈에 보이는 것은 두 손으로 짚고 있는 무릎뿐이다.

흑백이 뚜렷한 그 눈에는 지금 슬픔과 지독한 각오가 복잡하게 뒤엉켜 있었다.

'절대로 포기하지 않을 거야……! 죽어도 천문주의 용서를 받고 말겠어……!'

독고비는 마음을 독하게 먹고 입술을 힘껏 깨물었다.

툭! 하고 입술이 터져서 새빨간 피가 무릎으로 방울방울 떨어졌다.

기개세 일행이 식사를 하고 있을 때 두 마리 전서구가 거의 동시에 낙성검가로 날아들었다.

한 마리는 서쪽에서, 그리고 또 한 마리는 동쪽 하늘에서 날아왔다.

그리고 전서구가 실어온 서찰의 내용은 채 반 각도 지나지 않아서 기개세에게 보고되었다.

기개세와 그의 세 여자, 그리고 한송연과 하여상 여섯 사람이 탁자에 둘러앉아서 정답게 식사를 하고 있을 때 천라대주 나신효가 조심스럽게 실내로 들어섰다.

그러나 그는 감히 식탁으로 다가오지 못하고 문 옆에 서서 시립한 자세로 식사가 끝나기를 기다렸다.

기개세는 소옥군이 입에 넣어주는 맛있는 고기 요리를 우걱우걱 씹으면서 나신효를 손짓으로 불렀다.

웬만하면 기개세가 식사를 끝낼 때까지 기다릴 나신효인데 지금처럼 식사 중에 들어왔다는 것은 급한 보고가 있다는 뜻이었다.

"급한 보고냐?"

가까이 다가온 나신효에게 기개세가 아직 삼키지 못한 음식을 우물거리면서 물었다.

"그렇습니다."

기개세는 손수건으로 입을 닦았다.

"보고해라."

나신효는 아주 짧은 갈등 끝에 동쪽에서 날아온 전서구의 서찰을 펼쳤다.

"유주상단의 상선 열여덟 척에 타고 있던 삼황사벌의 고수들을 완전히 섬멸했습니다. 모두 칠천여 명으로 추정됩니다."

기개세의 얼굴에 환한 웃음이 번졌다.

“잘했군. 최고야.”

삼황사벌에게 포섭됐다가 등을 돌린 중원의 방, 문파 중에서 서른두 곳을 멸문시켰던 자들이 칠천여 명이나 섬멸됐다는 보고에 좌중은 적잖이 흥분했다.

“그건?”

기개세는 나신효가 다른 손에 쥐고 있는 또 한 장의 서찰을 턱으로 가리켰다.

그러면서 그는 그 서찰의 내용이야말로 나신효로 하여금 식사 중인 자신을 방해하게 만들었을 것이라고 짐작했다.

나신효는 서찰을 펼쳤다. 그러나 사실 서찰의 내용은 너무 간단해서 그는 이미 다 외우고 있었다.

“삼황사벌이 중원으로 향하고 있습니다.”

그 말에 방금까지 고조됐던 분위기가 갑자기 싸늘하게 변했으며, 식사를 하던 다섯 여자의 손이 일제히 정지했다.

메말라 갈라진 듯한 나신효의 말이 이어졌다.

“수는 대략 오십만으로 추정됩니다.”

투둑.

누군가 젓가락을 떨어뜨렸다. 그리고 누군가는 한숨인지 신음인지 모를 소리를 흘렸다.

오십만.

나신효의 발음이 부정확하지도 않았으며, 아무도 잘못 듣지 않았지만 나운상이 다시 한 번 확인했다.

"오… 십만이 분명해요?"

"더 많을 수도 있다는 보고입니다."

묻지 않으니만 못한 대답이 돌아왔다.

다섯 여자의 얼굴이 하얗게 질렸다. 오십만보다 더 많다면 도대체 얼마나 된다는 말인가.

"군대(軍隊)로군."

"그… 렇습니다. 선두 오만여 명을 제외한 나머지는 군사들로 구성되었다고 합니다."

기개세의 말에 나신효가 억눌린 듯한 목소리로 대답했다.

"군대라면 명나라 군사들이 나서주겠지."

태평성대라고는 하지만 백이십만의 명나라 군대는 막강하기로 정평이 나 있었다.

슥―

기개세는 자리에서 일어서며 지시했다.

"황궁의 실권자가 누구냐?"

"황제, 즉 효경황제(孝景皇帝)입니다."

"그에게 삼황사벌의 중원침공을 알려라."

국경을 지키고 있는 명나라 군대가 삼황사벌이 동진(東進)해 오는 것을 발견하려면 며칠 더 있어야 할 것이다.

"천명을 받듭니다."

나신효가 허리를 굽힐 때 기개세는 세 여자를 이끌고 방을 나갔다.

　남겨진 한송연과 하여상은 오랫동안 자리에서 일어나지 못하고 입도 열지 못했다.

第九十二章

천문(天門)으로

大夫
대사부

기개세가 자신의 거처로 돌아오고 일각도 지나기 전에 다시 나신효가 급히 찾아왔다.

"주군, 하북성 북방에서 삼황사벌 고수와 군사 삼십만이 남하 중이라는 보고입니다."

하북성에는 황도(皇都)인 북경성이 있다. 그곳 북방에서 삼황사벌 고수와 군사 삼십만이 남하하고 있다면 목표는 황도 북경성과 황궁일 것이다.

"……!"

독고비는 움찔 놀랐다.

몸을 떠는 바람에 그녀를 뒤덮고 있던 수북한 눈이 우수수 떨어졌다.

고개를 든 그녀의 두 눈은 화등잔처럼 커졌다.

그녀가 망연자실한 얼굴로 바라보고 있는 기개세의 침실 창을 통해서 나신효의 다음 말이 흘러나왔다.

"그리고 군선(軍船) 천여 척이 절강성 앞바다를 지나 북상하고 있다는 보고도 있습니다."

그 말 이후 창 너머에서는 아무런 말도 이어지지 않았다.

창 너머 실내를 내리누르고 있는 침묵보다 훨씬 무거운 압박감이 독고비를 짓눌렀다.

척!

그때 창이 열리고 나운상이 모습을 나타냈다. 그녀는 독고비를 보며 빠른 어조로 말했다.

"불도주, 그만 일어나서 들어오세요."

삼황사벌의 침공은 독고비에게 작은 자비를 베풀었다.

넓은 대전에 기개세를 비롯한 천검신문의 요인들과 독고비, 풍천, 장가서가 모였다.

모두들 '삼황사벌의 중원침공'이라는 급보를 이미 들었기에 하나같이 굳은 표정들이다.

한동안 침묵이 흐른 후 이윽고 태사의에 앉은 기개세가 가라앉은 목소리로 입을 열었다.

"삼황사벌은 서장을 출발한 지 며칠 안 되니까 앞으로 보

름 정도는 여유가 있다. 그동안 우리가 할 수 있는 대책을 세
워보자.”

그 말 이후 다시 침묵이 흘렀다.

“주군.”

단하 앞쪽에 나란히 서 있는 천검오신위 중에 도기운이 진
중하게 말문을 열었다.

그의 얼굴에는 비장함이 감돌았다.

“즉시 천문으로 가십시오.”

그 말에 몇몇 사람의 표정이 변했다.

소옥군과 나운상, 소랑은 기개세와 헤어져야 한다는 안타
까운 표정이고, 독고비와 풍천, 장가서는 처음 듣는 ‘천문’ 이
라는 말에 놀랐다.

기개세는 몹시 갈등하는 듯 목젖을 꿈틀거리다가 고개를
가로저었다.

“지금 같은 급박한 상황에 내가 자리를 비울 수는 없다. 가
지 않겠다.”

자못 단호한 목소리이고 표정이다. 그리고 그의 마음은 그
보다 더 확고했다.

그러나 도기운은 평소의 고분고분한 모습이 아니다. 그는
기개세보다 더 단호했다.

“중원에서는 주군께서 하실 일이 없습니다.”

과격한 말에 기개세의 검미가 꿈틀 꺾였다.

“내가 그 정도로 쓸모없는 존재란 말인가?”

“그렇습니다.”

도기운의 말은 과격을 넘어서 하극상으로 치닫고 있었다.

“도기운!”

기개세의 호통에도 도기운은 꿈쩍도 하지 않고 자신의 할 말을 했다.

“현재의 주군께선 속하들 천검오신위를 합친 것보다 조금 더 고강한 수준입니다.”

풍천과 장가서는 움찔 놀랐다. 그들은 둘이 합공을 해도 도기운의 십 초식을 막아낼 자신이 없다.

그런데 그런 도기운을 비롯한 천검오신위 전체를 합친 것보다 기개세가 조금 더 고강하다니, 그 말을 귀로 듣고서도 믿어지지 않았다.

기개세는 처음으로 수하에게 못마땅한 인상을 쓰고 있었다.

그런데도 도기운은 기개세가 죽인다고 해도 할 말을 다 하겠다는 듯한 표정으로 말을 이었다.

“그것이 인간의 한계입니다. 주군께선 아직 유한한 능력의 인간이십니다.”

기개세의 뺨이 씰룩거렸다.

“그렇다. 나는 인간이다. 그래서 뜨거운 피가 끓고 있기에 중원을 버리지 못하겠다는 것이다.”

"중원을 구하는 데 뜨거운 피 따위는 소용이 없습니다."

"뭐라?"

"지금 주군께 가장 절실하게 필요한 것은 신위(神威)입니다. 인간이 아닌 신의 능력 말입니다."

기개세의 표정이 움찔 변했다.

"신위?"

도기운은 상체를 꼿꼿하게 세우고 목소리를 조금 높였다.

"전대 태문주들께선 인간이 아닌 신이셨습니다. 속하들 천검육호문은 인간이신 천문주를 보필하는 역할을 수행할 뿐입니다. 과거 여덟 차례의 대혈풍 때 천검호문이 한 일은 채 일 할에도 미치지 못했습니다. 주군께서 이대로 인간인 이상 그 일 할의 한계를 뛰어넘지 못하실 것입니다. 한계를 극복하시려면 천문에 가서야 합니다."

실로 엄청난 말이다.

기개세는 도기운의 말뜻을 이해할 수 있을 것 같았다.

그때 도기운이 부르짖듯이 외쳤다.

"주군! 천문으로 가서서 부디 신이 되어 돌아와 주십시오! 그 길만이 중원을 구할 수 있습니다!"

이어서 그 자리에 부복하며 이마를 바닥에 댔다. 그러자 실내에 있는 모든 천검신문의 수하들이 부복했다.

서 있는 사람은 기개세 좌우의 소옥군과 나운상, 소랑, 그리고 독고비와 풍천, 장가서뿐이었다.

독고비의 아름다운 얼굴은 지금 온통 극도의 경악으로 물들어 있었다.

그녀가 방금 들은 도기운의 말은 그녀가 알고 있던 천검신문에 대한 개념을 송두리째 뒤엎어 버렸다.

'신이란 말인가……?'

기개세를 바라보면서 경악하고 있던 그녀의 얼굴이 차츰 결연한 의지로 물들었다.

이윽고 그녀는 기개세를 향해 그 자리에 부복하면서 이마를 차가운 바닥에 대고 간곡하게 입을 열었다.

"천문주께서 돌아오실 때까지 중원은 저희가 목숨을 걸고 지키겠어요. 부디 대성하여 돌아오세요."

그녀의 뒤로 풍천과 장가서도 부복했다.

"너희들……."

기개세는 갑자기 기운이 쭉 빠져서 매시근히 중얼거렸다.

중원을 떠난다는 생각을 하자 갑자기 낭떠러지 끝에 서 있는 듯한 기분이 들었다.

두려워서가 아니라 남겨두고 떠나는 사람들과 중원에 대한 염려와 불안함 때문이다.

슥.

그때 소옥군이 기개세의 어깨에 부드럽게 손을 얹었다.

그가 돌아보자 그녀는 한없이 다정한 얼굴로 미소를 지으며 장미꽃잎 같은 입술을 나풀거렸다.

"다녀오세요. 천첩들은 집을 잘 지키면서 당신이 돌아오시기만을 기다리겠어요."

중원이니 천하니, 거창하게 들먹이지 않고 단지 그렇게만 말했다. 그리고 그 뜻은 고스란히 기개세에게 전해졌다.

소옥군이 무릎을 접으며 사르르 부복하자 나운상과 소랑도 따라서 부복했다.

이제 한 사람도 빠짐없이 대전의 모든 사람들이 기개세를 향해 부복하고 있었다. 그것은 모두 그가 천문에 가기를 염원하고 있다는 뜻이다.

그의 표정이 수시로 복잡하게 변했다. 사랑하는 소녀들과 수하들의 충절이 가슴으로 파고드는 것이 느껴졌다.

잠시 후 그의 조용한 목소리가 실내를 자늑자늑하게 울렸다.

"내일 아침에 출발하겠다."

어김없이 밤이 찾아왔다.

이제는 아내나 다름없는 존재가 된 세 소녀와의 마지막 밤이다.

북두전 기개세의 침실에서는 네 사람이 탁자에 둘러앉아 이별주를 마시고 있었다.

기개세에게 공손히 술을 따르던 소옥군의 손이 뚝 멈추면서 얼굴 가득 놀라움이 떠올랐다.

"그랬어요?"

그녀는 믿어지지 않는다는 표정으로 기개세를 바라보았다.

"그랬어."

기개세는 빙그레 미소 지으며 고개를 끄덕였다.

"그랬다니까요? 대가는 절대 옥군 언니하고 동침하지 않았어요. 소매가 있는 자리에서 그럴 리가 있겠어요?"

나운상이 손을 저으면서 단호하게 말했다.

방금 전에 나운상은 예전 소옥군이 남궁산의 춘약에 중독이 되어 그에게 겁탈당하기 직전에 기개세가 구했던 이야기를 실감나게 했다.

나운상은 팔을 쭉 뻗어 손바닥을 펼쳐서 소옥군의 하체에 갖다 대는 시늉을 하면서 웃었다.

"호호홋! 그때 대가께서 옥군 언니의 그곳에 손을 대고 공력을 집중하니까 그곳에서 시커먼 액체가 푹! 하고 쏟아져 나왔는데 악취가 얼마나 심하던지……."

"그만해요."

소옥군은 얼굴이 빨개져서 자신의 하체 가까이 갖다 댄 나운상의 손을 뿌리쳤다.

하지만 소옥군은 방금 나운상이 말한 그 장면이 머리에서 생생하게 재연되고 있었다.

발가벗은 자신의 온몸 구석구석을 기개세가 추궁과혈 수

법으로 주물러서 춘약의 기운을 옥문으로 몰고, 이후 손바닥을 옥문에 대서 흡자결의 수법으로 춘약의 기운을 빨아낸 것이 분명하다.

자신의 다리가 활짝 벌려져 있고, 옥문에서 시커먼 액체가 쏟아져 나오며, 그 광경을 기개세가 지켜봤을 것이라는 생각을 하자 너무 부끄러워서 온몸의 피가 모조리 얼굴로 몰리는 것만 같았다.

소옥군과 나운상은 기개세의 양옆에 앉았고, 소랑은 기개세가 다리를 넓게 벌린 그 사이에 그의 가슴에 등을 기대고 앉았다.

소랑이 그럴 수 있는 것은 그녀의 체구가 소옥군이나 나운상에 비해서 자그마하기 때문이다.

그녀가 그렇게 앉아 있는데도 머리 꼭대기가 기개세의 턱에도 못 미쳤다.

나운상의 말을 들으니까 소랑은 문득 자신이 사경을 헤맬 때 기개세가 대소변을 다 받아내면서 극진히 돌봐주었던 일이 생각났다.

'이제 오빠는 내 남자야.'

그녀는 속으로 중얼거리면서 몸을 작게 움직여 기개세의 품에 더 깊이 안겨들었다.

밤이 깊어 자정이 넘었다. 바깥에는 낮 동안 멈추었던 눈이

다시 내리고 있었다.

기개세와 세 소녀는 언제나 그랬던 것처럼 잠자리에 들어 누워 있었다.

하나의 커다란 비단 이불 아래에 모두 알몸으로 나란히 누워 있지만 눈을 감은 사람은 아무도 없었다.

소랑은 기개세 몸 위에 마주 보는 자세로 납작하게 엎드려서 다리를 활짝 벌려 그의 허리를 안는 듯한 자세로 눈을 깜빡거렸다.

그녀의 배꼽은 기개세의 배꼽과 맞닿아 있었다. 그녀는 그것을 느낄 수 있었다.

그녀가 엎드려 있는 모습은 두 사람의 체구 차이 때문에 과장해서 말한다면, 마치 나무에 매미 한 마리가 달라붙어 있는 듯했다.

소옥군과 나운상은 기개세의 다리 하나씩을 나누어 갖고 자신들의 허벅지 사이에 꼭 끼우고 있었다.

그러면서 자신들의 옥문이 기개세의 단단한 허벅지 바깥쪽에 짓눌리듯 닿아 옴찔옴찔 하고 있는 것을 느끼면서 또 그것을 음미했다.

두 소녀의 손은 커다래진 기개세의 음경을 아래위로 나누어서 꼭 잡고 있었다.

그녀들의 손만 닿으면 커지는 음경이기 때문에 두 개의 손이 잡고 있어도 넉넉했다.

소옥군은 기개세의 팔을 베고 누운 채 그의 옆얼굴을 말끄
러미 바라보다가 약간 얼굴을 붉히면서 속삭였다.

"대가."

"응?"

기개세는 천장에 시선을 고정시킨 채 대답했다.

소옥군은 그의 겨드랑이에 뜨거운 숨결을 토했다.

"오늘 밤에 소녀들을 당신의 진짜 여자로 만들어주세요."

그녀의 말에 나운상과 소랑의 몸이 굳어버렸다.

슥.

기개세가 조금 놀란 얼굴로 소옥군을 돌아보았다.

소옥군은 그를 똑바로 바라보지 못하고 눈을 내리깐 채 얼
굴을 더 붉혔다. 하지만 새빨간 입술 사이로는 더 용감한 말
이 새어 나왔다.

"한꺼번에 세 명은 자신없나요?"

기개세는 생각해 볼 것도 없다는 듯 즉시 대답했다.

"자신있어."

그가 정말로 자신이 있다는 사실을 세 소녀는 그 순간 동시
에 느꼈다.

그가 그렇게 말할 때 음경이 불쑥 더 단단해지고 커졌기 때
문이고, 그 끝이 소랑의 옥문을 쿡 찔렀기 때문이다.

적이 흥분한 나운상이 음경을 꼭 쥐며 앙큼을 떨었다.

"세 여자하고 해본 적이 있나요?"

기개세는 태연히 대답했다.

"여자랑 그런 거 해본 적 없어."

세 소녀는 기쁘면서도 놀란 듯 눈을 동그랗게 떴다.

"그럼 우리 모두 순결한 몸이네요?"

세 소녀는 기개세의 음경이 점점 더 커지는 것과 자신들의 흥분도 점점 더 짙어지는 것을 동시에 느꼈다.

갑자기 기개세의 목소리가 음험해졌다.

"흐흐흐… 누구부터 시작할까?"

나운상이 새빨간 혀를 내밀어 입술을 핥고 나서 말했다.

"찬물도 위아래가 있는 법. 당연히 옥군 언니부터죠."

"그럼 어디, 흐흐흐……."

"꺄아악!"

"아앗! 소녀는 막내 랑이에요. 언니는 바로 옆에 계세요."

"어머머? 옥군 언니, 자꾸 부끄러워하면 소매부터 할까요?"

이불 속에서 늑대 한 마리와 여우 세 마리의 요란한 탄성과 비명 소리가 와르르 터져 나왔다.

척!

독고비는 방 안으로 들어가서 실내를 둘러보다가 곧 저만치 탁자 앞에 앉아서 차를 마시고 있는 기개세를 발견하고 그쪽으로 걸어갔다.

그녀는 천문주가 부른다는 전갈을 받고 달려온 길이다.

달려오면서 그가 무엇 때문에 불렀을까 곰곰이 생각해 보았다. 그러고는 그가 천문으로 떠난 후에 독고비가 할 일을 지시하려는 것일지도 모른다고 생각했다.

그녀는 열어놓은 창밖을 응시하고 있는 기개세의 두 걸음 옆에 섰다.

바로 얼마 전에 독고비는 그에게 불경을 저질러서 축객을 당하고, 그것을 용서받기 위해서 무릎을 끓고 용서를 비는 일이 있었으나 그런 것은 까맣게 잊은 듯 당당한 행동이고 모습이었다.

딸깍.

기개세는 찻잔을 내려놓으며 중얼거리듯이 입을 열었다.

"생사현관을 소통시켰느냐?"

뜬금없는 물음에 독고비는 잠시 대답할 말을 잃어버렸다.

"환골탈태와 벌모세수는?"

기개세가 두 번째로 물었을 때에야 총명한 독고비도 겨우 정신을 수습했다. 그만큼 엉뚱한 질문인 것이다.

"세 가지 모두 이루지 못했어요."

"내가 이뤄주마."

"에?"

독고비는 눈을 동그랗게 뜨며 놀랐다. 조금 전의 물음보다 백 배 더 뜬금없고 또 어이없는 말이다.

　"내 측근들은 모두 생사현관의 소통과 환골탈태, 벌모세수를 시켜주었다."

　"……."

　"너는 내 측근이 아니지만 정파의 일익을 맡고 있는 신분이므로 그것들을 이루어주려고 한다."

　독고비는 처음에 놀랐을 때보다 조금 더 늦게 정신을 수습할 수 있었다.

　그러니까 기개세의 말인즉, 자신의 측근들은 모두 생사현관의 소통과 환골탈태, 벌모세수를 시켜주었고, 이제 독고비너를 시켜주려고 하는데 어떻느냐? 하고 묻는 것이다.

　생사현관의 소통이나 환골탈태, 벌모세수는 무림인이라면 어느 누구라도 꿈에서조차 이루고 싶어하는 일이다.

　사실 천불지도의 불도주인 그녀에게 그것들을 이루게 해주려고 공동사부인 천불십팔숙의 내구숙들이 얼마나 애를 썼는지 그녀는 잘 알고 있었다.

　이루기만 하면 독고비의 능력이 단번에 두 배 가까이 급증할 수 있는데 어찌 노력해 보지 않았겠는가.

　그러나 시도할 때마다 번번이 실패의 쓴잔을 마셔야만 했다. 내구숙의 능력이 정성만큼 뛰어나지 않았기 때문이다.

　그런데 지금 천문주가 독고비에게 그것을, 하나도 아닌 세 가지 모두를 이루어주겠다는 것이다.

　"싫다면 돌아가라."

"하, 하겠어요! 해주세요!"

기개세의 말이 떨어지기 무섭게 독고비는 자신이 생각해도 놀랄 정도로 날카롭게 외쳤다.

슥—

"옷을 모두 벗고 바닥에 누워라."

그러자 기개세는 자리에서 일어서면서 바닥을 가리키며 아무렇지도 않게 말했다.

"옷… 을 모두 벗어야 하나요?"

독고비는 놀라고 또 당황해서 머뭇거렸다. 설마 알몸이 돼야 하는 줄은 몰랐던 것이다.

그녀는 기개세의 검미가 가볍게 찌푸려지는 것을 발견하고 가만히 입술을 깨물었다.

"왜 옷을 벗어야 하는지 설명해 주세요."

안에서 깨지는 쪽박은 밖에서도 깨진다고 했다. 그녀의 거침없는 당돌함이 또다시 발동했다.

기개세가 슬쩍 인상을 쓰는 것을 보고 독고비는 그제야 아차! 하는 생각이 들었다.

당돌하게 굴다가 그렇게 혼이 나고서도 아직껏 정신을 못 차리는 자신이 한심하기 짝이 없었다.

당돌함도 부릴 상대가 있는 것이다. 지금 상대는 전설의 천문주가 아닌가.

기개세가 손을 저으면서 몸을 돌리려고 하자 움찔 놀란 독고비는 거의 찢듯이 자신의 옷을 부랴부랴 벗으면서 다급하게 외쳤다.

"벗어요! 지금 벗고 있다고요!"

*　　　*　　　*

휘오오오…….

한 치 앞도 보이지 않는 지독한 눈보라가 벌써 나흘째 쉬지 않고 휘몰아치고 있다.

서장 최북단에 동에서 서로 장장 천오백여 리에 걸쳐서 웅장하게 뻗어 있는 천산산맥(天山山脈).

그곳 어디쯤을 한 사람이 거센 눈보라를 뚫으면서 걸어가고 있었다.

바로 기개세다.

낙양성을 출발하여 이십삼 일 만에 천산에 도착했으며, 이후 엿새 동안 산중을 헤매고 있는 중이다.

그는 모자도 쓰지 않았고, 가을에나 입는 얇은 백의경장을 입었으며, 어깨에는 절대신검을 메고, 발에는 평소에 신던 가죽신을 신고 있었다.

그리고 등에 조그만 봇짐을 하나 메고 있는데, 봇짐 안에는 한 달 분량의 건육과 건량이 들어 있었다.

그의 옷차림은 한겨울의 천산에서 얼어 죽기 딱 알맞은 행색이다.

하지만 그는 추위를 조금도 느끼지 않는다. 단지 끝없이 온 몸으로 몰아쳐 오는 눈보라가 성가실 따름이다.

게다가 눈보라로 인해서 시계(視界)가 확보되지 않아 초범 입성의 경지에 이른 그조차도 수십 장까지밖에는 볼 수가 없는 형편이다.

그는 지금 자신이 어디쯤에 있는지, 그리고 어디로 가고 있는지 알지 못하고 있었다.

천문을 찾아가는 지도 같은 것은 원래 없다. 천산 남쪽 기슭의 마지막 마을인 배성(拜城)에서 곧장 북서쪽을 향해 나아가서 천산산맥의 주봉인 등격리산(騰格里山)을 넘으면 된다고 했다.

눈보라가 몰아치고 나서도 이틀째까지는 북서쪽으로 잘 가는 것 같았는데, 그다음부터 방향을 잃어버렸다.

이런 산중에서는 해나 달, 별자리를 보고 방향을 찾아야 하는데, 극심한 눈보라 때문에 해조차도 자취를 감추어 버렸기 때문이다.

천산은 삐죽삐죽 높은 산들이 솟은 그런 모습이 아니라 경사가 완만한 고원지대(高原地帶)다.

그리고 아스라이 먼 곳에 하늘에 닿아 있는 듯한 몇 개의 봉우리들이 드문드문 펼쳐져 있는 광경이다.

기개세는 천산에 들어선 엿새 동안 계속 비스듬한 오르막을 오르고 있었다.

지금쯤 중원에서는 삼황사벌의 침공을 맞이해서 천검신문을 중심으로 뭉친 무림 세력들이 도처에서 치열한 대혈전을 벌이고 있을 것이다.

지난 세월 동안 삼황사벌은 세 번 중원을 침공했었다. 마지막 침공은 오백이십칠 년 전이었다.

삼황사벌의 세 번의 침공은 모두 고수들이 군대를 이끄는 형태였고, 네 번째인 이번 침공도 그와 다르지 않았다.

다만 달라진 것이 있다면, 이번 침공의 규모가 세 번째 침공했을 때보다 두 배 이상 커졌다는 사실이다.

또한 그것은 과거 이천삼백여 년 동안 일어났던 여덟 차례의 대혈풍 때보다 이번 아홉 번째가 압도적으로 거대하다는 뜻이다.

그렇기 때문에 중원천하가 붕괴될 위험도 그만큼 크다고 할 수 있는 것이다.

그런데도 기개세는 아직 천문을 찾지 못한 채 눈보라 속에서 헤매고 있으니 그저 답답하기만 했다.

휘이오오…….

보이는 것은 눈보라뿐이고, 들리는 것은 귀신의 호곡성 같은 바람 소리뿐이다.

기개세는 여태껏 자신의 무위가 대단하다고 여겼는데 대자연의 위력 앞에서는 너무도 무기력하다는 사실을 절실하게 깨달았다.

그는 계속 앞으로 나아갔다. 발밑은 눈이 수북이 쌓여 있으나 발이 빠지지는 않았다. 공력으로 몸을 가볍게 만들었기 때문이다.

현재 그가 공력을 사용하는 것은 그것뿐이다. 이런 눈보라 속에서는 공력을 사용할 만한 것이 사실상 없기 때문이다.

경공을 전개하여 달리는 것도, 호신막을 만들어서 눈보라를 차단하는 것도 불필요하다. 괜히 공력만 낭비하게 된다.

천산산맥에도 어김없이 밤이 찾아왔다.

콰아아…….

낮보다 더욱 세찬 눈보라가 기승을 부리고 있다.

어두워지고서도 두어 시진 이상 계속 걸은 기개세는 밤이 이슥해서야 잠시 쉬기로 했다.

마땅히 쉴 곳이 없었으므로 발아래 눈을 파서 구덩이를 만든 후에 그곳에 편안히 기대앉았다.

공력을 별로 허비하지 않았기 때문에 운공조식을 할 필요까진 없었다.

그는 구덩이 바닥에 앉아 비스듬히 등을 기대고 몸을 눕혔다. 하루 종일 쉬지 않고 걷다가 쉬었더니 몹시 편안했고 스르르 눈이 감겼다.

잠이 들기 전의 그의 머릿속에는 낙성검가에 두고 온 세 명의 소녀 소옥군과 나운상, 소랑의 아름답게 미소 짓는 모습이 가득 들어찼다.

그러더니 곧 그녀들과의 마지막 밤을 보냈던 장면들이 생생하게 이어졌다.

그날 밤에 그는 소옥군과 나운상, 소랑과 차례로 뜨거운 정사를 나누었다.

한 침상, 한 이불 아래에서 네 사람은 한 덩어리가 되어 서로가 서로를 얼마나 사랑하고 있는지 흥분으로 가득한 몸으로 증명을 했다.

웃지 못할 일도 있었다. 기개세의 음경이 너무 커서 순결한 소녀들의 옥문에 삽입을 할 수가 없었던 것이다.

실로 피눈물 나는 우여곡절 끝에 소옥군과 나운상이 차례로 거사에 성공(?)을 했으나 문제는 소랑이었다.

나이도 어리지만 체구도 자그마한 소랑은 옥문마저도 너무 작아서 피눈물 나는 노력 갖고는 도저히 삽입이 이루어지지 않았다.

당사자인 기개세와 소랑은 필사적으로 애를 썼고, 소옥군과 나운상도 갖은 방법을 다 써서 협력했으나 두 사람의 합체는 이루어지지 않았다.

마침내 기개세가 포기하고 벌러덩 누워버리자 소랑은 그의 몸 위에 올라가서 저 혼자 비 오듯이 땀을 흘리며 사투를 벌였다.

그리고 마침내 감격의 합체가 이루어졌을 때 네 사람은 이불 속에서 감동의 환호성을 터뜨렸다.

생전 처음 여자의 맛을 알게 된 기개세는 그 야릇하면서도 숨넘어가는 쾌락에 밤새 한숨도 자지 않고 세 소녀를 돌아가면서 탐닉했다.

세 소녀도 기개세에게 지지 않았다. 동이 트면 오랫동안 못 보게 될 사랑하는 사람의 흔적을 더 많이 남겨두기 위해서 결사적으로 그와 몸을 섞었다.

"후후……."

그녀들을 생각하자 저절로 흐뭇한 미소가 피어났다.

그러다가 그는 스르르 잠이 들었다.

잠이 깬 기개세는 구덩이 안이 부윰하게 밝은 것을 느꼈다.

위를 쳐다보니 구덩이 위쪽 입구가 막혔는데 가로막힌 설벽(雪壁)을 통해서 바깥이 환해진 것을 알 수가 있었다.

기개세는 눈을 뚫고 구덩이 밖으로 나왔다.

언제 그랬느냐는 듯 눈은 멈췄고 사위는 내리쬐는 햇빛 때문에 눈부시게 빛나고 있었다.

그는 천천히 사위를 둘러보았다. 어젯밤에 자신이 어느 방향에서 와서 어느 방향으로 가고 있었는지 알 수가 없었다.

시야에 보이는 것은 모든 것이 눈부신 눈뿐이다. 끝없는 설원이 펼쳐져 있는 것이다.

하지만 그는 실망하지 않았다. 눈보라가 휘몰아치는 동안에는 방향을 가늠하지 못한 채 그저 북서쪽이라고 생각하는 방향으로 계속 걸어갔었지만, 지금은 태양이 있기 때문에 최소한 어느 방향으로 가야 하는지는 알 수가 있었다.

지금 그가 서 있는 곳은 평지다. 그리고 북서쪽 아스라이 먼 곳에 하나의 산이 흡사 신기루처럼 서 있는 것이 보였다. 하지만 너무 멀어서 거리가 얼만지 짐작조차 할 수 없었다.

일단 그는 산을 향해 천천히 걸음을 옮기기 시작했다.

걸으면서 봇짐을 풀어 건육 몇 개를 꺼낸 후 다시 봇짐을 메고 건육을 우물우물 씹었다.

하루에 한 끼만 먹기 때문에 봇짐에는 아직 꽤 여유있는 식량이 남아 있었다.

그렇게 반 각 남짓 동안 건량을 먹고 난 그는 어느 순간 까마득히 보이는 산을 향해 경공을 전개하여 쏜살같이 달리기 시작했다.

해가 지고 있었지만 기개세는 달리는 것을 멈추지 않았다.

하루 종일 최고의 경공을 전개하여 달렸는데도 산은 조금도 가까워진 것 같지 않았다.

그는 족히 칠팔백여 리를 달렸으나 제자리에서 벗어나지 못하고 있는 기분이다.

중원에서 칠팔백여 리를 달렸으면 수십 개의 마을을 지나

쳤을 텐데, 이곳에서는 풍경 하나 변하지 않았다. 보이는 것은 설원뿐이고, 산은 여전히 아득히 먼 곳에 있었다.

'뭐가 잘못된 것인가?'

결국 그는 그렇게 생각할 수밖에 없었다. 어떤 흔적이나 결과가 나타나야 하는데 그렇지 않기 때문이다.

그렇다고 지금으로선 북서쪽으로 달리는 것 말고는 별달리 뾰족한 방법이 없다.

'좋아. 누가 이기나 해보자.'

은근히 오기가 발동한 그는 더욱 속도를 높여서 북서쪽으로 달려갔다.

무조건 오기를 부리는 것은 아니다. 그도 나름대로 생각을 해본 결과, 하루 종일 달렸는데도 산과의 거리가 좁혀지지 않는 이유는, 이곳이 너무 광대무변하기 때문이라는 결론을 내린 것이다.

그것이 지금으로선 가장 사리에 맞는 대답이다. 그리고 그것 외에는 지금 상황을 설명해 줄 마땅한 대답이 없다.

결국 그의 생각이 옳았다.

밤을 꼬박 새서 달려온 결과 그는 마침내 산 아래쪽에 당도할 수 있었다.

산 아래라고는 하지만 산이 워낙 어마어마하게 크다 보니까 그곳에서 본격적으로 산이 시작되는 곳까지의 거리가 줄

잡아서 삼사백여 리는 될 듯했다.

말하자면 평지에서 산비탈이 삼사백여 리나 비스듬히 이어져 있다는 것이다.

하지만 그는 실망하지 않았다. 아니, 실망하기보다는 희망이 샘솟았다.

눈보라 속을 헤맬 때나 가도 가도 산이 가까워지지 않을 때에는 기운이 쭉 빠졌었는데, 이제는 목표가 뚜렷하게 눈앞에 있지 않은가.

그가 서 있는 곳이나 산비탈이나 저 멀리 보이는 산 어디에도 풀 한 포기 자라지 않았다. 보이는 모든 것이 흰 눈에 덮여 있을 뿐이다.

좀 다른 것이 있다면, 저 멀리에 솟은 산은 하나의 산이 그저 불쑥 솟아 있는 것이 아니라, 마치 여러 개의 날카로운 칼을 세워놓은 것처럼 삐죽삐죽 하늘을 향해 뻗어 있다는 사실이다.

기개세는 그 자리에서 내리 세 차례의 운공조식을 하고 나서 건육과 건량을 먹고 물 대신 눈을 한 움큼 집어 입에 넣어서 녹인 다음에 삼켰다.

아득히 먼 곳 설원 끝에서 태양이 솟아오르고 있었다. 마치 땅속에서 솟구치는 듯한 장관이었다.

기개세는 밤새 쉬지 않고 달려왔으나 이제부터 산에 오를 생각이다. 그 정도 경공을 전개한 것으로는 조금도 지치지 않았다.

중원을 떠나온 아쉬움이 있으나 지금은 자신의 앞에 펼쳐질 새로운 미래에 대한 호기심이 더 크다.

과연 천문은 어떤 곳인가. 그곳에는 어떤 사람들이 살고 있는가. 그리고 그곳에서 기개세 자신은 어떤 일을 겪게 될 것인가, 하는 궁금증과 호기심이 끝없이 피어났다.

타앗!

순간 기개세는 산을 향해서 빠르게 쏘아 올랐다.

第九十三章

결계 (結界)

산은 갈수록 경사가 가팔라졌다.

산 아래에서 봤을 때에는 그저 모든 것이 희고 또 밋밋한 산비탈이라고만 여겼었다.

그런데 막상 오르니까 곳곳이 수많은 절곡과 얼음바위로 이루어져 있었다.

평지와 비탈은 달리는 것에서 큰 차이가 나게 마련이다. 일단 속도가 다르고 공력을 소비하는 것도 다르다.

더구나 수만 년 동안 내린 눈이 녹지 않고 그대로 얼어붙어 있는 만년설(萬年雪)이기 때문에 발을 디딜 때 자칫 실수를 하면 균형을 잃어버릴 수가 있다.

실제로도 기개세는 몇 차례인가 발을 딛다가 미끄러져서 절곡 아래로 추락하거나 얼음바위 아래로 나뒹굴 뻔한 적이 있었다.

"헉헉헉……."

그는 자신이 산을 오르다가 지치게 될 줄은 추호도 예상하지 못했었다.

세 시진 정도 쉬지 않고 산을 오르던 그는 마침내 그 자리에서 주저앉고 말았다.

산을 오르다가, 그것도 세 시진 만에 지치다니, 그로서는 추호도 예상하지 못했던 일이다.

수많은 얼음절곡을 건너고 거대한 얼음바위를 뛰어넘는 데에는 평지보다 열 배 이상의 공력이 허비되었다.

그는 땀범벅이 되어 헐떡거리면서 위를 올려다보았다.

그의 눈앞에는 산 아래에서 보던 것하고는 판이하게 다른 굉장한 광경이 펼쳐져 있었다.

가파르면서도 칼로 자른 듯한 절곡과 얼음바위들이 시야 가득 들어왔다.

그러나 그것은 눈에 보이는 것일 뿐이지 사실은 보이지 않는 것들이 더 위험하다.

"빌어먹을……."

위를 올려다보던 기개세의 입에서 오랫동안 잊고 있었던 욕설이 흘러나왔다.

그가 세 시진 동안 산을 오른 것은 마치 도기운 정도의 고수 열 명과 세 시진 동안 치열하게 싸운 것처럼 공력이 허비되어 온몸의 맥이 빠졌다.

생사현관 소통에 환골탈태, 벌모세수를 이룬 그이지만 대자연의 위력 앞에서는 그저 피조물의 하나일 뿐이었다.

한동안 헐떡거리던 그는 운공조식에 들어갔다. 공력을 회복하고 나서 다시 오를 생각이다.

척!

다시 산을 오르기 시작한 지 두 시진째. 그는 하나의 뾰족하고 높은 얼음봉우리 꼭대기에 내려섰다.

“하아… 하아…….”

가쁜 숨을 몰아쉬면서 아래를 내려다보니 산 아래가 까마득하게 보였다.

이번에는 위쪽을 올려다보니 칼처럼 솟아 있는 여러 개의 봉우리들이 손에 잡힐 듯이, 그러나 여전히 먼 곳에서 햇빛을 받아 눈부시게 빛나고 있었다.

그나마 위로가 되는 것은, 올라온 거리보다 남아 있는 거리가 짧다는 사실이다.

물론 그것은 어디까지나 그가 보는 시각에서다. 실제로는 남아 있는 거리가 더 멀고 험할는지도 모르는 일이다.

현재 그는 꽤 지치기는 했으나 도저히 움직이지 못할 정도는 아니다.

날이 어두워질 때까지 더 오르다가 어두워지면 잠을 청할 것이고, 밤새 휴식을 취한 후에 동이 트면 그때 정상을 공략할 생각이다.

팟!

일단 그렇게 마음먹은 그는 얼음바위 꼭대기를 가볍게 박차고 산 위를 향해 비스듬히 날아갔다.

그곳에서부터는 꽤 멀리까지 경사가 가파르기는 하지만 절곡이나 얼음바위 따위가 없는 평탄한 지형이라서 오르기가 쉬울 듯했다.

탓!

얼음바위에서 단숨에 십여 장을 날아간 그는 바닥을 가볍게 찍고 가파른 경사와 몸이 거의 수평을 이룬 채 쏜살같이 날아올랐다.

칠팔 장쯤 날아가자 몸이 하강했다. 경사가 가파르기 때문에 한 번 도약으로 날아갈 수 있는 거리가 자꾸만 줄어들고 있었다.

이번에는 좀 더 멀리, 그리고 높은 곳까지 도달하기 위해서 바닥을 힘차게 박찼다.

타앗!

쩌엉…….

그런데 그의 발끝이 바닥을 힘껏 박차는 순간 기이한 음향이 울려 퍼졌다.

그는 쏘아 오르는 중에 급히 아래를 내려다보다가 흠칫 안색이 변했다.

어찌 된 일인지 아래쪽이 무너지고 있었다. 그가 지나온 곳에서부터 오르고 있는 위쪽으로 빠르게 무너지고 있었는데, 그가 쏘아 오르는 속도보다 더 빨랐다.

아니, 그것은 무너지는 것이 아니라 산속으로 마구 꺼져들고 있는 것이다.

깜짝 놀란 기개세는 급히 뒤돌아보았다. 순간 그의 얼굴에 당혹함이 떠올랐다.

방금 전에 그가 힘껏 박찼던 바닥은 이미 그 자리에 보이지 않았다.

그곳 좌우와 뒤쪽 수십 장이 아래로 꺼지고 있는 중이며, 조금 전에 그가 잠시 내려서서 쉬었던 거대한 얼음바위도 밑바닥이 보이지 않는 시커멓고 거대한 구덩이 속으로 추락하고 있었다.

다급해진 기개세는 다시 고개를 돌려 앞쪽을 쳐다보다가 안색이 급변했다.

가파른 급경사 앞쪽 십오륙 장까지 꺼지고 있으며 좌우로는 칠팔 장 폭이 꺼지고 있었다.

아니, 그가 쳐다보고 있는 중에도 꺼지고 있는 범위는 빠르게 확대되고 있었다.

　힘이 다해가고 있는 그의 속도는 점점 느려지고 바닥에서 불과 일 장이던 높이도 빠르게 하강하고 있다.

　만약 한 호흡 안에 발 디딜 곳을 찾지 못한다면 그는 무저갱(無低坑) 같은 땅속으로 추락하고 말 것이다.

　사실 조금 전에 그가 디딘 곳은 평지처럼 보였지만 원래는 절곡이었다.

　오랜 세월 동안 절곡 가장자리에 눈이 쌓이고 녹으면서 그것이 점차 넓어져서 절곡을 완전히 뒤덮었는데 두께가 매우 얇았던 모양이다. 그것을 기개세가 힘껏 박찼으니 붕괴하는 것은 당연한 일이었다.

　지금 같은 일은 이런 설산(雪山)에서 비일비재한 일인데 그런 사전 지식이 전혀 없는 기개세가 실수를 한 것이다.

　당황한 그는 다급히 주위를 둘러보았다. 하지만 방금 전에 봤을 때보다 시커먼 절곡이 더 커지고 있을 뿐 어디 내려서거나 발을 디딜 곳이 보이지 않았다.

　불과 세 호흡 전까지만 해도 그는 산을 넘으면 천문이 나타날지도 모른다면서 잔뜩 기대하고 있었는데, 지금은 죽음을 목전에 둔 상황에 처해 버렸다.

　그처럼 인간의 운명이란 한 치 앞도 예측할 수 없는 것이다.

　그가 새가 아닌 이상 두 팔을 퍼덕여서 하늘을 솟아오를 수는 없는 일이다.

그도 인간이기 때문에 무엇이라도 발로 디뎌야지만 솟구쳐 오르거나 방향을 바꿀 수가 있다.

쿠아아아—!

그의 초조함이 극에 달했을 때 백여 장쯤 위쪽의 거대한 얼음바위 하나가 푹 꺼지면서 곤두박질치듯이 절곡 아래로 떨어지기 시작했다.

그리고 그와 동시에 힘이 다한 그의 몸도 날아가는 것을 멈추는가 싶더니 쑥 아래로 추락했다.

기개세는 눈앞이 캄캄해졌다. 중원에서 숱한 난관에 봉착했을 때에도 지금처럼 절망적인 기분은 아니었다. 오죽하면 이대로 죽을지도 모르겠다, 라는 생각이 들었겠는가.

그러고는 소옥군과 나운상, 소랑의 아름다운 모습이 눈앞에 생생하게 떠올랐다.

절곡 아래로 추락한다는 것은 죽음을 의미하는 것이고, 그것은 또한 사랑하는 세 명의 소녀를 다시는 볼 수 없음을 뜻하는 것이다.

어떻게 손을 써볼 사이도 없이 순식간에 그의 몸은 절곡 속으로 빨려들어 이십여 장이나 하강하고 있었다.

하지만 그는 쓸데없이 팔다리를 허우적거리지 않고 이곳을 벗어나기 위한 발판이 되어줄 그 무엇을 찾으려고 재빨리 주위를 둘러보았다.

콰아아—

그때 그의 시야에 들어오는 것이 하나 있었다.

그와 거의 동시에 함몰된 위쪽의 거대한 얼음바위였다. 함몰되기 전에는 기개세가 바위보다 아래쪽에 있었기 때문에 얼음바위는 그를 향해, 그러나 그의 발아래 쪽으로 무섭게 쏘아 내리고 있었다.

얼음바위는 기개세보다 수백 배는 더 크고 무겁기 때문에 하강하는 속도도 훨씬 더 빨랐다.

순간 하나의 탈출 방법을 생각해 낸 기개세는 천근추의 수법을 발휘하여 하강하는 속도를 배가시켰다.

그의 계획대로 하자면 얼음바위가 그의 발아래에 이르렀을 때 최대한으로 가까워져야 하기 때문이다.

쿠오오!

채앵!

얼음바위가 그의 발아래에 이르기 직전에 그는 번개같이 절대신검을 뽑았다.

그와 함께 어금니를 힘껏 악물고 아래쪽 얼음바위를 향해 젖 먹던 힘을 다해서 벼락같이 뻗었다.

쐐애액!

순간 절대신검에서 오색의 검기가 폭발하듯이 뿜어졌다.

어떻게 해서든 검기가 얼음바위에 닿아야만 한다. 그래야지만 반탄력을 이용해서 추락을 멈추고 솟구쳐 올라 절곡에서 탈출할 수 있는 가능성이 생긴다.

　기개세와 얼음바위가 가장 가까워진 거리는 칠팔 장 정도.

　평소의 그는 검기를 최대한 오 장까지 발출하는 것이 한계였으므로 칠팔 장은 무리다.

　하지만 지금은 무리고 뭐고 없다. 무조건 성공시켜야만 목숨을 건질 수가 있었다.

　'제발……'

　검기를 발출하면서 그는 그 어느 때보다도 간절하게 검기가 얼음바위에 적중되기를 빌었다.

　이것이 실패하면 그는 추락할 수밖에 없다. 끝이 보이지 않는 절곡 아래로 추락하면 죽음 아니면 엄중한 중상을 입게 될 것이다.

　그런 상황에서 살아서 절곡을 빠져나간다는 것은 상상조차 할 수 없을 터이다.

　팍!

　그 순간 기개세의 오른손으로 그리 강하지 않은 반탄력이 전해져 왔다.

　그의 간절한 바람대로 검기가 얼음바위에 적중된 것이다. 평소에는 되지 않던 것이 지금 같은 절박한 순간에 기적적으로 초인적인 위력을 발휘한 것이다.

　그런데 반탄력이 너무 미약했다. 그렇지만 지금으로선 그 반탄력을 최대한 이용해야만 한다. 이 기회를 잃으면 그야말로 끝장이다.

천신록상의 경공인 신전비를 운용하여 몸을 깃털처럼 가볍게 만들어둔 상태인 그는 오른손으로 반탄력이 전해지는 순간 절대신검을 재빨리 위를 향해 뻗었다.

슈욱!

순간 그의 몸이 쏜살같이 위로 솟구쳤다. 아니, 반탄력이 집약되어 있기 때문에 빠르게 쏘아 오르는 절대신검을 따라서 몸이 딸려 올라갔다.

그가 간절하게 원했던 대로 몸이 절곡 위 오 장까지 솟구쳐 올라주었다.

"……."

하지만 거기에서 그는 다시금 절망할 수밖에 없었다.

이미 함몰하기를 멈춘 절곡의 폭이 무려 오십여 장에 달한 것이다.

그는 절곡의 한복판으로 솟아올랐기 때문에 절곡 가장자리에 도달하려면 단번에 이십오 장 이상을 날아가야만 하는 상황이다.

하지만 아무것도 의지할 곳이라고는 없는 허공중으로 솟구친 그가 단번에 이십오 장씩이나 날아간다는 것은 불가능한 일이었다.

어풍비행을 전개하는 방법이 있기는 하지만, 그러자면 지상으로부터 최소한 이삼십 장 허공으로 솟아올라서 바람을 타야 하는데, 지금 그럴 능력이 있으면 차라리 절곡 가장자리로 날아가겠다.

'이런 우라질…….'

천신만고 끝에 절곡 위 오 장까지 솟구치는 데에는 성공했건만, 또 다른 난관이 가로막히자 기개세의 얼굴이 보기 싫게 일그러졌다.

엎친 데 덮친 격으로, 솟구치던 그의 몸이 정지하더니 다시 하강하기 시작했다.

지금 당장 무슨 수를 쓰지 않으면 이번에야말로 그는 천 길 절곡 아래로 꼼짝없이 추락할 수밖에 없는 처지에 놓이고 말았다.

'그래! 죽기 아니면 살기다!'

문득 그는 속으로 크게 부르짖었다. 천신록상의 어풍비검행(馭風飛劍行)을 전개해 보려는 것이다.

정신과 기로써 검을 날려서 조종하는 것이 이기어검술(以氣馭劍術)이고, 같은 방법으로 검을 허공에 던져서 그것을 두 발로 디딘 채 허공을 비행하면서 적을 살상하는 것이 어풍비검행이라는 절대초상승 수법이다.

하지만 그는 예전에 이기어검술과 어풍비검행을 여러 차례 전개해 보려다가 그때마다 실패를 했던 쓰라린 경험이 있다.

그렇다고 아예 하지 못하는 것은 아니다. 절반 정도는 성공하는데 꼭 끝에 가서 실패하고 말았었다.

구결도 완벽하게 이해를 하고, 구결대로 운기할 수도 있는데 공력이 부족하기 때문이다.

노화순청의 경지에 이른 그의 공력으로도 이기어검술과 어풍비검행을 전개하는 것은 역부족이었다.

기개세는 바로 그것을 지금 이 절망적인 순간에 시도해 보려는 것이다.

어풍비검행이 아니면 살아날 수가 없다. 실패하더라도 좋다. 그저 삼십 장만 날아준다면 그것으로 충분하다.

'사부님……!'

벌써 일 장이나 하강하고 있을 때 그는 모든 공력을 끌어올려 어풍비검행의 구결대로 운기하면서 공력을 주입한 절대신검을 발아래로 던지며 사부의 모습을 떠올렸다.

이 절체절명의 순간에 사부가 자신을 보호해 주기를 바라는 간절한 심정에서다.

절대신검이 그의 발아래에 멈추며 수평으로 누우면서 당장이라도 튀어나가려는 듯 움찔거렸다. 어풍비검행의 공력이 주입되어 있기 때문이다. 그것은 마치 어서 올라타라는 듯한 몸짓 같았다.

기개세는 재빨리, 그러나 신중하게 절대신검 위에 두 발을 붙이면서 자신의 몸과 절대신검으로 하나로 합체시켰다.

이제 날아오르기만 하면 된다.

그는 체내에서 어풍비검행의 기운을 최고조로 상승시키면

서 검첨을 위로 향하게 하는 동시에 반대로 상체는 아래로 떨어뜨렸다.

스우우…….

순간 절대신검이 수직으로 미끄러지듯이 솟구쳐 오르기 시작했다.

'됐다!'

기개세는 내심 환호했다.

그러나 일 장쯤 솟구치던 절대신검이 갑자기 주춤! 하더니 멈춰 버리는 것이 아닌가.

그뿐만 아니라 체내에 생성되었던 어풍비검행의 기운이 빠르게 흩어지고 있었다.

역시 어풍비검행을 전개하기에는 그의 공력이 현저하게 모자랐다.

그의 몸이 다시 하강하기 시작했다.

순간 기개세는 절망이나 자포자기하는 마음보다는 울컥 화가 치밀었다.

'이까짓 절곡에서 헤어나지 못하다니…….'

그는 하강하면서 공력을 극한으로 끌어올렸다.

'어풍비검행이 안 되면 이기어검술이다!'

절대신검에 이기어검술의 공력을 최대한 주입시키면서 몸을 똑바로 세웠다.

'나를 절곡 밖으로 끌어내 줄 만큼의 단 한 번의 힘만 발휘

하면 된다!'

순간 그는 두 발로 디딘 절대신검을 벼락같이 위로 쏘아내는 것과 동시에 번개같이 오른손을 뻗었다. 이기어검술로 쏘아 오르는 절대신검을 잡으려는 것이다.

그러나 쏘아 오르는 절대신검은 너무 빨랐고, 그의 팔은 너무 짧았다.

그의 손이 검파를 잡기도 전에 절대신검은 빛처럼 쏘아 올라가고 있었다.

"으아아—!"

순간 한껏 뻗은 그의 손에서 극빙지기가 폭발하듯이 뿜어져 나갔다.

그리고 아슬아슬하게 극빙지기의 끝이 절대신검의 검파에 닿았다.

그 순간 절대신검의 검파와 기개세의 손을 하나의 긴 얼음 막대기가 연결해 주었다.

쑤와아아—

그와 동시에 그의 몸은 쏜살같이 위로 솟구쳐 올랐다.

그는 몸이 절곡 밖으로 솟구쳤다가 한쪽 방향으로 기우뚱 기울면서 쏘아가자 우렁찬 웃음을 터뜨렸다.

"우핫핫핫핫! 내가 바로 기개세란 말이다!"

땅!

그러나 그가 웃는 바람에 그의 오른손과 절대신검의 검파

를 연결했던 얼음막대기가 끊어지면서 산산조각 나고 말았
다.

그렇지만 그의 몸은 절곡 가장자리를 향해서 빠른 속도로
쏘아가고 있던 중이라서 더 이상 절곡에 추락할 위험은 사라
졌다.

퍼퍽!

"으윽!"

그는 절곡 가장자리에서 이십여 장이나 더 날아갔다가 하
나의 거대한 얼음바위에 호되게 부딪치고 나서 바닥에 내동
댕이쳐졌다.

그는 일어나지 않고 팔다리를 활짝 벌린 채 누워서 하늘을
우러러보며 키득거렸다.

"큭큭큭……. 이제 보니까 삶과 죽음이라는 것이 종이 한
장 차이로구나."

여러 차례나 죽음의 절곡 속으로 추락하다가 빠져나오기
를 반복했던 그는 그 짧은 시간에 삶과 죽음, 즉 생사라는 것
이 참으로 허무하다는 사실과 그와는 반대로 삶이 얼마나 소
중한 것인가 하는 사실을 깨달았다.

서로 모순되는 깨달음이지만, 어느 것 하나 간과할 수 없는
참된 진리였다.

기개세는 동이 트기를 기다렸다가 간단하게 요기와 운공

조식을 한 후에 다시 산을 오르기 시작했다.

어제 발아래가 순식간에 꺼지면서 절곡으로 추락할 뻔했던 그는 새롭게 정신무장을 하고 한 걸음 한 걸음 신중을 기해서 올라갔다.

그렇다고 걷는 것은 아니었다. 경공을 전개하되 바위거나 단단하다고 판단되는 것만 딛으면서 오르고 있는 것이다.

날은 여전히 맑아서 하늘에는 조각구름 하나도 보이지 않고 청명하기 짝이 없었다.

척!

오르막이 끝났다. 가파른 경사 위에는 드넓은 설원이 펼쳐져 있었다.

그리고 아스라이 먼 그 끝에 여러 자루의 칼날 같은 봉우리들이 삐죽삐죽 하늘을 찌를 듯이 솟아 있는 것이 보였다.

그의 눈앞에 펼쳐져 있는 설원은 그저 평탄한 곳이 아니라 수많은 크고 작은 얼음바위들이 흩어져 있었다.

기개세는 다시 한 번 해를 보고 북서쪽으로 방향을 제대로 잡은 후에 경공을 전개했다.

휘익!

일 장도 똑바로 전진할 수 없을 정도로 얼음바위들이 난립한 곳을 그는 요리조리 피하면서 쏘아갔다.

그렇다고 바닥이 평평한 것이 아니었다. 울퉁불퉁해서 자칫 발을 잘못 디디면 나동그라질 상황이다.

그렇게 약 반 시진쯤 전진했을 때 갑자기 주위가 어두컴컴해지기 시작했다.

달리는 것을 멈추고 하늘을 올려다보니 어느새 시커먼 먹구름이 잔뜩 몰려와 낮게 드리워져 있었다.

방금 전까지만 해도 구름 한 조각 없는 청명한 날씨였다는 사실이 믿어지지 않았다.

번쩍!

그때 주위가 환하게 밝아졌다. 번개다.

꽝!

쫘르르릉!

다음 순간 기개세가 서 있는 곳에서 멀지 않는 곳에서 엄청난 폭발음이 터졌다.

그 소리, 아니, 굉음이 하도 커서 기개세는 한동안 귀가 먹먹해서 아무 소리도 들리지 않았다.

그는 폭발음이 터진 곳을 쳐다보면서 적잖이 놀라는 표정을 지었다.

그가 서 있는 곳으로부터 십여 장밖에 떨어지지 않은 곳의 커다란 얼음바위 하나가 반 도막으로 잘린 채 뭉클뭉클 뿌연 김을 내뿜고 있었다. 바로 그곳에 벼락이 떨어진 것이다.

그가 놀란 얼굴로 벼락 맞은 얼음바위를 쳐다보고 있을 때 눈이 내리기 시작했다.

아니, 눈은 벌써부터 내리고 있었는지도 모른다. 그가 눈이 내리는 것을 인식했을 때에는 이미 어린아이 주먹만 한 크기의 눈송이가 펄펄 쏟아지기 시작했으며, 그런가 싶었는데 어느새 거센 눈보라로 돌변했다.

콰아아—

이것은 그가 지난 며칠 동안 겪었던 눈보라 같은 것과는 비교도 할 수 없을 정도로 엄청난 기세다.

사방은 흡사 밤인 양 칠흑처럼 캄캄해졌으며, 거센 눈보라 속에 여기저기에서 쉴 새 없이 번갯불이 내리꽂혔다.

비가 오면서 번개가 치는 것이 상식인데, 눈보라에 번개라는 것은 말도 들어본 적이 없는 괴이한 현상이다.

꽈꽝! 쩌르릉!

순간 그의 전면 왼쪽 칠팔 장 거리 얼음바위에 다시 벼락이 떨어지며 주위가 대낮처럼 밝아졌다.

그러나 기개세는 꿈쩍도 하지 않았다. 아니, 오히려 경공을 전개하여 앞으로 쏘아가기 시작했다.

만약 운이 다했으면 이곳에서 번개에 맞아 즉사할 것이고, 아직 할 일이 남아 있다면 목숨을 부지할 것이라는 게 그의 생각이다.

그러니 번개를 피하려고 아등바등할 이유가 없는 것이다. 자포자기가 아니라 운을 하늘에 맡기는 것이다.

칠흑 같은 어둠 속. 게다가 마치 수천 개의 화살처럼 그에게 휘몰아쳐 오는 눈보라, 그리고 여기저기에서 마구 작렬하는 번갯불을 뚫고 그는 유유히 쏘아갔다.

번쩍!

쿠꽈꽝!

그의 주위에서 번갯불이 불꽃놀이하듯이 번뜩이며 굉음을
터뜨렸으나 그는 외눈 하나 까딱하지 않았다.

그는 생사를 도외시했다. 절곡으로 추락하는 과정에서, 그
리고 그 직후에 그는 커다란 깨달음을 얻었다.

삼라만상은, 그리고 운명은 마치 하나의 잘 짜여진 거대한
틀과도 같으며, 자신은 그 틀 안의 어느 한 부분을 담당하고
있을 뿐이라는 사실.

만약 그가 천문을 발견하지 못하고, 그래서 다시 중원으로
돌아가서 천하를 구하지 못한다고 해도 삼라만상은, 그리고
세상은 여전히 돌아갈 것이라는 사실.

그로 인해서 수많은 사람들의 생활에 변화가 일어나겠지
만, 그래도 그들은 꿋꿋하게 살아갈 것이라는 사실.

그리고 그것도 엄연한 삼라만상의 정해진 규칙 중의 하나
라는 사실.

절곡으로 추락하고 다시 살아 나온 그 짧은 시간에 어떻게
그런 깨달음을 얻었는지는 모르겠지만, 기개세는 그 깨달음
에 순응하기로 작정했다.

"……!"

그런데 어느 순간 주위의 모든 것이 갑자기 변해서 기개세

는 크게 놀라며 급히 신형을 멈추었다.

사방이 눈부시게 밝았으며, 눈보라는커녕 훈훈하고 따스한 훈풍이 넉넉하게 불어왔다.

또한 얼음바위나 울퉁불퉁한 척박한 풍경은 간데없고, 이곳이야말로 천상의 별유천지(別有天地)가 아닌가, 하는 생각이 들 정도로 아름다운 전원 풍경이 펼쳐졌다.

'어떻게 된 거지?'

기개세는 놀란 얼굴로 뒤돌아보았다.

그런데 뒤도 마찬가지다. 방금 전까지 그가 쏘아왔던 엄혹한 풍경 같은 것은 어디에도 없었다. 다만 시야가 미치는 모든 곳이 별유천지였다.

귀신이 곡할 노릇이다. 뻔히 눈을 뜨고 있는데 찰나지간에 모든 것이 변해 버렸고, 그것을 조금도 인식하지 못하다니, 어떻게 이런 일이 있을 수 있는지 이해가 되지 않았다.

'꿈을 꾸고 있는 것인가?'

그는 뺨을 꼬집어보았다. 아프다. 꿈은 아니다.

사방을 다시 둘러보았다.

온갖 종류의 꽃들이 만발해 있으며, 멀지 않은 곳에는 맑은 계류가 굽이쳐서 흘렀고, 계류 가에는 순한 짐승들이 물을 마시고 있었다.

초원에 드문드문 서 있는 나무에는 여러 종류의 과실들이 주렁주렁 매달려서 그 무게 때문에 땅에 닿을 듯했다.

그리고 더 멀리에는 울창한 숲도 보였다. 야트막한 언덕도 있고 아담한 호수도 있었다.

"이게 도대체……."

그는 자신이 왔던 방향으로 다시 몇 걸음 걸어가면서 중얼거렸다.

콰아아—!

그러자 어느 순간 방금까지의 별유천지가 삽시간에 사라지고 그 대신 원래의 눈보라치는 엄혹한 광경이 나타났다.

움찔 놀란 그는 급히 사방을 둘러보았다. 그러나 별유천지는 어디에도 없고, 보이는 모든 것이 칠흑 같은 어둠 속에서 휘몰아치는 눈보라와 작렬하는 번갯불이었다.

그것은 마치 방금 전에 그가 보았던 별유천지가 착시현상이었다고 말해주는 것 같았다.

"그런가?"

중얼거리는 그의 가슴으로 허탈함이 몰려들었다. 착시현상이었더라도 이런 눈보라보다는 별유천지가 훨씬 나았다.

마음이 허하면 헛것이 보인다더니, 지금 자신의 처지가 그런가 보다라는 생각을 하면서 그는 마음을 추스르고 다시 신형을 날렸다.

"엇?"

다음 순간 그는 나직한 헛바람을 토해내며 급히 멈췄다.

헛것을 봤다고 여겼던 바로 그 별유천지가 눈앞에 다시 펼쳐진 것이다.

'헛것이 아니었다!'

그리고 바로 그때 그는 한 가지 사실을 깨달았다.

"결계(結界)다!"

결계란 이 세상과는 다른 차원(次元)이라고도 하고, 외부인의 침입을 막기 위해서 쳐놓은 보이지 않는 무형의 울타리라고도 한다.

다른 차원일 경우는 초자연적으로 생성된 현상이고, 무형의 울타리일 경우에는 인위적인 것이다.

전자이든 후자이든, 기개세는 이것이 결계가 틀림없다고 생각했다.

그는 왔던 방향을 향해 천천히 걸어갔다.

콰아아—!

어느 순간 별유천지가 씻은 듯이 사라지고 또다시 암흑과 거센 눈보라가 사방에 나타났다.

그는 천천히 뒤로 한 걸음 물러났다가 멈추었다. 그리고 뒤돌아보지 않고도 자신의 뒤쪽에 별유천지가 나타났다는 사실을 느꼈다.

왜냐하면 등 뒤쪽에서 훈풍이 느껴졌기 때문이다. 그러나 앞쪽은 여전히 암흑과 눈보라다.

그는 몸을 옆으로 틀어 다리를 넓게 벌리고 서서 오른쪽을 쳐다보았다.

그곳은 별유천지다. 이번에는 왼쪽을 쳐다보았다. 그곳은
암흑의 눈보라 세상이다.

"허허허……."

어떻게 이런 일이 있을 수 있는 것인지는 모르지만, 그는
신기함과 안도감, 그리고 묘한 성취감을 느끼면서 헛웃음을
터뜨렸다.

第九十四章
천문(天門)

　너무도 아름답고 풍요로운 곳이라서 기개세는 자신의 목
적마저도 잠시 잊어버렸다.

　융단처럼 푹신하게 깔린 초원을 천천히 걸어가는 그의 모
습은 마치 산책이라도 나온 사람처럼 여유롭게 보였다.

　토끼나 사슴, 양들이 한데 모여서 한가롭게 풀을 뜯고 있는
데 기개세가 가까이 다가가는데도 도망가지 않았다. 사람을
전혀 두려워하지 않는 것 같았다.

　아니, 오히려 동물들이 그에게 다가와서 친근하게 머리를
디밀고 몸을 비비면서 친밀감을 표시했다.

　그는 빙그레 미소 지으면서 한 마리 사슴의 머리를 부드럽

게 쓰다듬었다.

문득 근처에 나뭇가지가 부러질 듯이 탐스럽게 열린 이름 모를 과실 하나를 따서 크게 한입 베어 물었더니 너무도 달콤하고 향기로워서 씹기도 전에 녹아서 목구멍 안으로 흘러들어 갔다.

이어서 그는 폭이 삼 장 남짓의 작고 아름다운 계류 가에 이르렀다.

계류는 수정처럼 맑았으며 물속에는 크고 작은 많은 물고기들이 떼를 지어 헤엄치고 있었다.

그는 계류를 따라서 조금 더 거닐었다. 이런 곳을 거닐고 있으니 마치 신선이라도 된 듯한 기분이 들어서 부지중 혼잣말로 중얼거렸다.

"좋구나. 천문이 있다면 바로 이런 곳에 있지 않겠는가."

말해놓고서는 걸음을 뚝 멈추었다. 잠시 잊고 있었던 자신의 목적이 불현듯 생각난 것이다.

그는 하늘을 올려다보았다. 이곳에도 해가 있고 조각구름도, 그리고 청명한 하늘과 떼 지어 날아가는 새들도 있었다.

해를 보고 북서쪽을 알아낸 그는 훌쩍 계류를 건너 경공을 전개하기 시작했다.

드넓게 펼쳐진 초원 여기저기에는 많은 동물들이 떼를 지어 모여서 쉬거나 풀을 뜯고 있었다.

초원이 끝나는 곳에는 풀과 나무, 꽃들이 적당하게 어우러진 숲이 있었다.

숲으로 들어서 반 시진쯤 달린 후에 숲을 빠져나온 기개세는 그 자리에서 걸음을 멈추었다.

그가 서 있는 곳에서 수백 장쯤 전방에 하나의 마을이 자리잡고 있는 것이 보였다. 그런데 기이하게도 마을 전체가 백색으로 눈부시게 빛나고 있었다.

그로서는 생전 처음 보는 형태의 마을이다. 수백 채의 집들이 여기저기에 옹기종기 모여 있는데, 모두 흰색이고 마치 커다란 사발을 엎어놓은 것처럼 모난 데가 없이 둥글둥글한 모양이다.

마을 한복판에는 역시 흰색인 커다란 건물이 우뚝 솟아 있으며, 마치 여러 개의 커다란 거품이 뭉글뭉글 이어져 있는 듯하며 몹시 아름다웠다.

마을의 수백 채 집들은 복판의 커다란 건물을 중심으로 빙둘러서 겹겹이 위치한 형태이며, 마을 곳곳에 커다란 나무들이 무성하게 솟아 있었다.

마을을 오가는 사람들도 눈에 띄었다. 한결같이 흰옷을 입었으며 머리에 동이를 이거나 대나무로 엮은 바구니를 등에 메고 가는 모습이다.

마을 주변을 감싸고 있는 것은 논과 밭이고, 그곳에서는 사람들이 땀 흘리며 농사일을 하고 있었다.

'저기가 천문인가?'

기개세는 속으로 중얼거리며 마을을 향해서 천천히 걸음을 옮겼다.

그가 생각하고 있던 천문의 모습이 아니다. 이런 것보다는 뭔가 굉장히 엄숙하고 장엄한 광경을 상상했었다.

하지만 이런 광경의 천문이라도 그 나름대로 멋스러웠다.

눈보라 속에서 느닷없이 나타난 결계, 그리고 아름다운 별유천지 안에서 나타난 온통 백색으로 빛나는 마을. 기개세는 눈앞의 저곳이 천문이 틀림없을 것이라고 확신했다.

그때 그는 마을 밖으로 달려나오고 있는 두 필의 말을 발견했다.

두 필 다 눈처럼 흰 백마인데 한 필에만 사람이 타고 있는 모습이다.

마을을 벗어난 말은 논 사이에 곧게 뻗은 넓은 길을 따라 기개세에게 곧장 달려오고 있었다.

기개세는 걸음을 멈추고 말이 다가오는 것을 지켜보았다.

마상의 사람은 한 명의 소녀다. 백의에 긴 치마를 입었으며, 특이한 것은 머리카락이 눈을 얹은 것처럼 눈부시게 희다는 사실이다.

천상의 선녀가 있으면 바로 그녀 같은 모습일 것이다. 물론 아름답기도 하지만, 그보다는 어떤 성스러움과 고결함이 물씬 풍기는 소녀다.

백의소녀는 기개세 앞에 이르러 우아한 동작으로 말에서

내리더니 그에게 걸어왔다.

풀 위에 끌리는 긴 치마 속에서 두 발이 어떤 움직임을 하고 있는지는 몰라도 마치 구름을 타고 미끄러져 오는 듯한 모습이다.

기개세 앞 세 걸음쯤에서 멈춘 백의소녀는 그 자리에서 날아갈 듯이 무릎을 꿇고 큰절을 올렸다.

"기다리고 있었습니다."

'기다려? 나를?'

기개세는 의아한 표정을 지었다.

백의소녀는 사르륵 일어서더니 공손한 자세로 말을 가리키면서 봄바람처럼 나븟한 목소리로 말했다.

"말에 타시면 소녀가 천문 궁전으로 안내하겠습니다."

기개세는 백의소녀가 이끄는 대로 백마에 올랐다.

그러자 그가 말을 몰지도 않는데 백마가 제 스스로 걸으면서 왔던 길을 되돌아가기 시작했다.

백의소녀가 탄 말은 그의 옆에서 나란히 따랐다. 달려서 왔던 것과는 달리 마을로 돌아갈 때에는 천천히 갔다.

기개세는 백의소녀를 쳐다보았다.

그녀는 꼿꼿한 자세로 정면을 주시하고 있었는데, 부드러운 미소를 머금고 있었다.

아니, 미소를 짓고 있는 것이 아니라 그녀의 얼굴 자체가 미소를 머금고 있는 모습이다.

“이름이 무엇이오?”

그의 물음에 백의소녀는 기개세를 바라보면서 생긋 눈으로 미소 지었다.

“아미(娥美)예요.”

기개세는 고개를 끄덕이며 그녀의 외모와 잘 어울리는 이름이라고 생각했다.

“내가 올 줄은 어떻게 알았소?”

“천기(天機)가 알려주었어요.”

“천기가 날짜와 시각까지 정확하게 알려주었소?”

아미는 박속처럼 새하얗게 반짝이는 치아를 살짝 내보이면서 미소 지었다.

“구체적으로 알려준 것은 상비(祥飛)예요.”

그러면서 그녀는 하얗고 섬세한 손가락을 들어 하늘을 가리켰다.

기개세가 고개를 들자 머리 위 까마득히 높은 하늘에서 날개를 활짝 펼친 채 빙빙 큰 원을 그리면서 날고 있는 한 마리 새가 보였다. 그는 그 새의 이름이 ‘상비’ 일 것이라고 생각했다.

“이리 와라.”

아미가 손목을 까딱거리자 상비가 급강하하면서 쏜살같이 내리꽂혔다.

얼마나 빠른 속도인지 기개세가 전력을 다해서 달리는 것보다 최소한 열 배 이상은 빠를 듯했다.

또한 저런 엄청난 속도로 내리꽂히면 멈추지 못하고 그대로 땅에 충돌할 것만 같았다.

그런데 상비는 아미가 내민 팔뚝 위에 어느새 내려앉아 있는 것이 아닌가.

기개세는 상비가 속도를 줄이는 것도, 아미의 팔에 내려앉는 것도 보지 못했다.

그는 상비가 결코 평범한 새가 아니라고 생각하면서 자세히 살펴보았다.

매 정도의 크기인데 한 번도 본 적이 없는 모습이다.

몸 전체가 금빛이며 머리 정중앙에 세로로 흰색의 띠가 있고, 양쪽 귀에 손가락 하나 길이의 가느다란 깃털이 나 있으며, 부리는 윤기가 흐르는 흑색이다.

또한 동그랗고 커다란 눈을 지녔으며, 짐승답지 않게 몹시 선한 눈빛으로 기개세를 바라보았다.

아미가 상비의 머리를 쓰다듬으면서 설명했다.

"상비가 줄곧 천주(天主)를 지키고 있었어요."

그녀는 기개세를 '천주'라고 호칭했다. 아마 그것이 이곳에서의 기개세의 호칭인 듯했다.

"어디에서부터 지켜본 것이오?"

"천주께서 천산에 들어서신 직후부터예요."

그런데도 기개세는 그런 사실을 까맣게 모르고 있었다.

“그래서 우린 천주께서 얼음절곡에서 추락할 뻔하셨다는
사실도 알고 있어요.”

기개세는 의아한 표정을 지었다.

“그런 사실을 이 새가 알려주었단 말이오?”

“네.”

아미의 대답에 기개세는 더욱 의아한 표정을 지었다.

“설마 이 새가 사람의 말을 할 줄 안단 것이오?”

“그렇지는 않아요.”

아미는 살포시 미소 짓고 나서 상비의 머리를 쓰다듬었다.

“상비야, 천주께서 얼음절곡에서 추락할 뻔하셨던 장면을
보여 드려라.”

그 말을 들으면서 기개세는 무슨 헛소리인가 싶었다. 이미
지나가 버린 일을 어떻게 새가 보여줄 수 있단 말인가.

삐릿삐릿…….

상비는 맑은 울음소리를 내며 고개를 끄덕였다. 그것은 아
미의 말을 알아들었다는 뜻이었다.

‘뭐, 뭐야, 이게?

그런데 상비를 처다보고 있던 기개세는 너무 놀라서 눈을
휘둥그렇게 떴다.

그렇지 않아도 커다란 상비의 두 눈이 지금은 두 배쯤 더
커진 상태다.

그런데 실로 믿을 수 없게도, 그 눈에 어떤 장면이 생생하

게 그려지고 있었다.

그것은 산을 오르던 기개세가 경공을 전개하여 달리던 중
에 갑자기 바닥이 갈라지면서 절곡이 생겨나고, 그곳으로 추
락하는 장면이었다.

"말도 안 돼. 어떻게 이럴 수가……."

정말 말도 안 되는 일이다. 일개 짐승이 어떻게 자신이 목
격했던 광경을 한 치의 오차도 없이 생생하게 눈에 떠올려서
재생할 수가 있단 말인가.

그가 경악하고 있는 사이에 상비의 두 눈에는 기개세가 어
풍비검행과 이기어검술을 연달아 전개해서 절곡을 탈출하는
장면이 그려지고 있었다.

그의 놀라는 얼굴을 보면서 아미가 방그레 미소 지으며 설
명했다.

"여긴 천문이에요. 그리고 상비는 천상조(天上鳥)예요."

"아……."

비로소 기개세의 입에서 나직한 탄성이 흘러나왔다. 이곳
이 천문이라는 말이 모든 것을 이해 가능하게 만들었다.

세상에서는 도저히 있을 수 없는 일이 천문에서는 가능하
다. 왜냐하면, 이곳이 바로 천문이므로.

"만약 내가 절곡에서 추락했으면 어쩔 뻔했소?"

궁금한 나머지 그는 어이없는 질문을 했다. 절곡에 떨어지
면 죽거나 다치는 것이지 뭐가 어찌겠는가.

그러나 아미의 대답은 전혀 뜻밖이다.

"그랬다면 천주께서 바닥에 닿기 전에 상비가 구해 드렸을 거예요."

"상비가?"

"네."

손바닥 크기의 새가 어떻게 사람을 구할 수 있단 말인가. 하지만 기개세는 상비가 천상조이기에 그 또한 가능할 수도 있을 것이라고 생각했다.

"상비야, 이제부터 이분이 너의 새 주인이시다."

그때 아미가 말하면서 상비가 앉아 있는 팔을 기개세에게 내밀었다.

기개세가 얼떨결에 팔을 내밀자 상비는 폴짝 뛰어서 그의 팔에 앉았다.

쪼로롱… 쫑쫑… 쪼로롱!

그러고는 머리를 그의 어깨에 부비면서 친근하게 굴었다. 그런데 우짖는 소리가 조금 전의 울음소리와 크게 달랐다.

그 모습을 보며 아미가 설명했다.

"이제 상비는 천주께서 이 세상을 떠나시는 날까지 천주를 보필할 거예요."

"보필?"

"상비는 못하는 것이 없어요."

상비가 무서운 속도로 비행을 하고, 자신이 본 장면을 눈으로 떠올려서 보여주는 놀라운 재주가 있기는 하지만, 못하는 것이 없다는 아미의 말은 과장이라고 기개세는 생각했다.

"무엇이든 시켜보세요."

그런 그의 마음을 들여다본 듯 아미가 말했다.

기개세는 설마 하는 마음이 들면서도 한편으로 강한 호기심이 생겼다.

"목이 마르구나. 상비야, 물을 가져올 수 있느냐?"

아무리 영물이라고 해도 새가 어떻게 물을 떠올 수 있겠는가라고 생각하면서도 과연 상비가 어떻게 하는지 지켜보자는 생각이다.

슈우—

그런데 다음 순간 기개세는 눈앞에서 금빛이 어른거리는 것만을 얼핏 봤을 뿐인데 팔뚝 위에 앉아 있던 상비는 이미 사라지고 없었다.

'설마 그럴 리는 없겠지.'

그는 상비가 물을 떠올 리가 없을 것이라고 생각하면서도 정말 떠올지도 모른다는 생각을 떨치지 못했다.

아미를 쳐다보자 그녀는 생글생글 미소 지으면서 전방을 응시하고 있을 뿐이다.

그녀의 그런 표정은 상비가 당연히 물을 떠온다는 것을 암시하고 있었다.

"팔을 내미셔야 상비가 앉을 수 있어요."

아미가 일러주자 기개세는 엉겁결에 왼팔을 앞으로 내밀면서 들어 올렸다.

삭—

그 순간 눈앞에서 또다시 흐릿한 금빛이 어른거리더니 어느새 상비가 팔뚝에 앉았다. 아니, 처음부터 날아가지 않고 그곳에 앉아 있었던 듯하다.

그런데 더 놀라운 사실은, 상비가 부리에 물고 있는 것은 하나의 금줄인데 거기에는 거의 투명한 하나의 속이 깊은 옥잔(玉盞)이 연결되어 있었다.

바로 그 옥잔에 깨끗한 물이 넘칠 듯이 찰랑거리고 있었다. 하지만 넘치지는 않았다.

이 근처에는 마실 만한 마땅한 물을 구할 곳이 없다. 그렇다면 멀리에서 가져왔다는 것인데, 그럼에도 불구하고 물을 조금도 흘리지 않았다는 사실이 그저 놀라울 뿐이다.

“그 옥잔은 전대 문주들께서 사용하셨던 거예요. 그분들께서 외출을 하시다가 갈증이 나시면 상비가 그 옥잔에 물을 떠다 드렸었죠.”

아미의 설명에 기개세는 의아한 표정을 지었다. 전대 문주인 독고성은 삼백 년도 훨씬 넘는 과거의 사람이다.

그런데 상비가 독고성 한 사람만이 아니고 그 이전의 ‘전대 문주들’ 을 모셨다고 하니 도대체 상비가 얼마나 오래 살았단 말인가.

그런 기개세의 의구심을 알았는지 아미가 설명했다.

"상비는 불사조(不死鳥)예요."

"불사조……."

믿어지지 않는 말이다. 하지만 그러면서도 그 한마디면 설명이 충분했다.

영원히 죽지 않는 새. 그 무엇으로도 죽일 수 없는 새. 그것이 바로 불사조다.

"설마… 제일대 문주부터 모셨다는 것이오?"

말도 되지 않는다고 생각하면서도 그렇게 물었고, 돌아온 대답은 간단했다.

"네."

"……."

기개세는 눈을 커다랗게 뜨고 입을 반쯤 벌린 채 상비를 쳐다보았다.

매 크기의 이 작은 새가 장장 이천삼백여 년을 살면서 여덟 명의 천문주를 모셨다니, 경악스러운 일이지만 그보다는 상비가 몹시 존엄스러워 보였다.

아미는 기개세가 상비 때문에 한쪽 팔을 들고 있는 모습을 보고 살포시 웃었다.

"상비는 날려 보내도 돼요."

기개세는 고개를 끄덕이고 팔을 치켜들었다.

"가라, 상비."

슈우─

순간 눈앞에서 금빛이 어른거리더니 순식간에 상비의 모습이 사라졌다.

하늘을 올려다보니 어느새 상비는 까마득히 높은 곳에서 날개를 활짝 펼친 채 빙빙 선회비행을 하고 있었다.

"이제부터 상비는 항상 천주 근처에서 머물 거예요."

아미의 말을 들으면서 상비에게서 시선을 거두던 기개세는 가볍게 표정이 변했다.

논이나 밭에서 일하고 있던 사람들 모두가 자신을 향해 부복한 채 절을 올리고 있는 광경을 발견했기 때문이다.

그가 적이 놀라는 얼굴로 아미를 쳐다보자 그녀는 공손히 설명했다.

"천주께선 이곳 천문의 주인이시니 백성들이 절을 하는 것은 당연합니다."

마을로 들어서기 전에 기개세가 뒤돌아보니 사람들이 그때까지도 부복하고 있었다.

다각다각.

두 사람을 태운 말이 마을로 들어서자 오가던 사람들이 일제히 거리 양쪽에서 기개세를 향해 부복했다.

그 광경을 보면서 기개세는 묘한 기분에 사로잡혔다. 자신이 왕이 된 듯도 하고, 사람들에게 미안하다는 생각도 들었다.

마을에 직접 들어와서 보니까 멀리에서 보던 것보다 훨씬 규모가 크다는 사실을 알게 되었다.

집들은 사발을 엎어놓은 것 같은 형태만 같을 뿐 크기나 모양은 제각각이었다.

마을 곳곳에는 거미줄 같은 수로가 연결되어 있고, 수로 위에는 수십 개의 갖가지 모양의 다리들이 놓여 있으며, 수로 주변엔 집들이 모여 있었다.

마을 복판을 세로로 가로질러 제법 큰 강이 흐르고, 그 강에서 수십 가닥의 수로들이 양쪽으로 뻗어 나왔고, 또 그 수로들이 더 많은 가닥으로 갈라졌다.

그리고 강과 수로에 수많은 배들이 한가롭게 오가고 있었다.

그런데 한 가지 특이한 점은, 그 수백 가닥의 작은 수로들이 수백 채의 집 안으로 연결되어 있다는 것이다.

기개세가 마상에서 어느 집을 굽어보자, 집 안으로 들어온 작은 수로는 마당의 아담한 연못을 이루고, 그곳에는 한두 척의 조그만 배가 떠 있으며, 연못에서 집 뒤로 연결된 수로를 통해서 물이 빠져나가는 형태를 이루고 있었다.

옥처럼 맑은 그 물을 떠서 요리를 하고 빨래를 하며 목욕을 하기도 하는 것 같았다.

사람들은 티 한 점 없이 깨끗한 흰옷을 입고 있어서 한눈에도 속세의 사람하고는 달라 보였다.

또한 거리는 너무도 깨끗해서 발로 디뎌서는 안 될 것 같은 느낌이 들 정도였다.

마을 중심으로 들어갈수록 부복해 있는 사람들이 점점 더 많아졌다.

기개세가 둘러보니 여기저기 집에서, 그리고 배에서 사람들이 나오고 내리는 것이 보였다.

그들은 작은 물결을 이루어 거리로 나와서는 차례로 기개세에게 절을 올렸다.

남녀노소 할 것 없이 천문의 모든 백성이 거리로 쏟아져 나와 기개세에게 절을 올리고 있다.

그 수는 줄잡아 천여 명. 그들은 장장 삼백여 년 만에 천문을 찾아온 문주에게 소리없는 충심의 예를 보내고 있는 것이다.

그 광경을 보면서 갑자기 기개세는 가슴이 뭉클하는 것을 느꼈다.

뭐라고 표현하기는 어렵지만, 마치 오랫동안 잊고 있었던 고향에 돌아온 듯한 느낌이었다.

사부 독고성은 이곳에서 백성들과 어떻게 지냈으며, 후계자에게 자신의 모든 것을 물려주기 위해서 이곳을 떠날 때에는 또한 어떤 심정이었을까.

그리고 이들은 어떤 마음으로 독고성을 떠나보냈으며, 지난 삼백여 년 동안 어떻게 이곳을 지키면서 다음 대 문주를 기다리고 있었을까.

기개세는 마음이 짠하면서도 푸근함을 느꼈다.

그가 아미를 쳐다보자 그녀는 방그레 미소 지었다.

[천주께서는 그냥 명령을 하시면 돼요.]

"……!"

기개세는 흠칫 놀랐다. 아미는 입술을 벙긋거리지도 않았는데 그녀의 말이 들린 것이다. 귀로 들린 것이 아니라 머릿속에서 울렸다.

또한 그는 부복하고 있는 백성들을 일어나게 하고 싶다는 생각을 하면서 아미를 쳐다봤다. 그런데 그녀는 마치 그의 마음을 읽은 것처럼 말한 것이다.

[천주께서 일어나라고 명령하시면 됩니다.]

아미가 이번에는 구체적으로 말하자 기개세는 그녀가 상대의 마음을 읽는 것, 즉 독심술(讀心術)을 하는 것이 분명하다고 확신했다.

더구나 그녀는 이번에도 입술을 벙긋거리지 않고 기개세의 머릿속을 울리며 의사를 전달했다.

그는 그녀의 수법이 불가에서 일컫는 혜광심어(慧光心語) 같다는 생각이 들었다.

기개세도 엄두를 내지 못하는 독심술이나 혜광심어를 아미 같은 일개 어린 소녀가 태연하게 한다는 사실이 그저 놀라울 따름이다.

그는 아미에 대한 놀라움을 접고 우선 말을 멈추었다.

이어서 부복해 있는 백성들을 둘러보며 나직하면서도 웅혼한 목소리로 입을 열었다.

“일어나시오.”

그러자 천여 명의 백성이 마치 한 사람이 움직이는 것처럼 조심스럽게 일어났다.

기개세는 백성들이 고개를 숙인 채 시립하는 자세를 취하고 있는 것을 보고 빙그레 미소 지었다.

“나를 쳐다봐도 괜찮소.”

그것은 명령이라기보다는 허락이다.

역대 문주들 중에서 이런 엉뚱한 명령을 내렸던 사람은 한 명도 없었다.

백성들은 방금 전에 일사불란하게 일어섰던 때하고는 달리 한두 사람씩 조심스럽게 기개세를 쳐다보았다.

기개세는 모두들 자신을 쳐다볼 때까지 빙그레 미소를 지으면서 기다렸다.

이윽고 모두 자신을 쳐다보고 있다고 생각한 그는 백성들을 찬찬히 살펴보았다.

그가 그러는 동안 반대로 백성들은 눈을 빛내면서 그의 모습을 살펴보았다.

백성들의 얼굴에는 한 점의 그늘도 없었다. 그리고 악해 보이거나 병들거나 불구이거나 추한 용모를 가진 사람도 보이지 않았다.

한마디로 천상의 사람들이었다. 사는 곳만 별유천지가 아니라 백성들 또한 선인(仙人)들이었다.

자신과 백성들이 서로를 충분히 살펴보았다고 여긴 기개세는 이윽고 고개를 끄덕였다.

"갑시다."

그러자 말에게 신호를 보내지도 않았는데 말 스스로 걸음을 옮기기 시작했다.

기개세와 아미를 태운 말은 마을 한복판에 우뚝 솟아 있는 흡사 왕궁 같은 건물을 향해 똑바로 나아갔다.

기개세는 두리번거리면서 구경을 하다가 아미를 쳐다보았다.

[천시(天市)예요.]

마을 이름이 무엇이냐고 물으려 했는데 그녀가 그의 마음을 읽고는 공손히 대답했다.

"또 내 마음을 읽었군."

그가 빙그레 미소 지으며 말하자 아미는 깜짝 놀라며 얼굴이 빨개져서 고개를 숙였다.

"죄송합니다. 조심하겠습니다."

기개세는 단지 궁금해서 넌지시 물었다.

"마음을 읽지 않을 수는 없소?"

아미는 곤란하다는 표정을 지었다.

"천주를 뵈면 자연스럽게 마음이 읽어져서 어쩔 수가 없어
요. 단지 천주께서 소녀보다 고강해지시면 마음을 읽히지 않
게 될 거예요."

"고강해지면?"

"네."

그러니까 독심술은 하수에게만 적용이 된다는 뜻이다. 그
리고 아미가 기개세보다 더 고강하다는 뜻이기도 하다.

천문에 있는 것들은 사람이든 짐승이든 그 무엇이든 신기
하기만 했다.

기개세가 앞으로 나아갈 때 백성들은 진심으로 그의 왕림
을 기뻐하고 반기는 표정으로 환대를 했다.

이윽고 궁전 앞에 당도하자 말이 멈추었다.

거대하기 짝이 없는 궁전은 마치 나무틀로 쿡 찍어서 만들
어낸 것처럼 이음새나 빈틈이 없었다.

단지 가로로 창이 나란히 있어서 그것으로 층수를 알 수 있
을 뿐이다.

또한 거대한 궁전을 빙 둘러서 폭 삼 장가량의 수로, 즉 해
자(垓字)가 흐르고 있었으며, 궁전 안에서도 한줄기 강물이
흘러나오고 있었는데, 궁전 앞에서 강과 수로가 합쳐져서 마
을로 흐르며 더 큰 강을 형성했다.

바로 그 강이 수많은 수로의 모태(母胎)가 되고 있었다.

문득 기개세의 시선이 한곳에 멈추었다. 궁전의 지상에서

삼 장쯤 높이에 금빛으로 두 글자가 새겨져 있었다.

天門

그 글자가 이곳이 천문임을 말하고 있었다.
'나는 마침내 이곳에 왔군.'
속으로 그렇게 중얼거리는 기개세의 가슴이 작게 두근거리고 있었다.
웅웅웅…….
그때 '천문' 이라고 적힌 아래쪽이 서서히 육중하게 아래로 내려오기 시작했다.
두께 석 자, 폭 삼 장, 길이 오 장여의 거대한 철벽인데, 쇠사슬 같은 것으로 연결되지도 않았는데 육중한 음향을 내면서 저 혼자 하강하고 있는 것이다.
쿵.
그러더니 철벽은 기개세 바로 앞쪽 바닥에 닿으면서 강과 수로를 덮어주는 다리, 즉 철교가 되었다.
기개세는 말이 움직이기 전에 뒤를 돌아보았다.
그가 지나올 때는 그의 명령으로 서 있던 백성들이 지금은 처음처럼 모두 기개세를 향해 부복을 하고 있었다.
다각다각.
두 필의 백마는 다시 움직이기 시작하여 다리 위를 당당하게 통과했다.

　궁전 문 안에는 양쪽으로 수십 명의 백의인이 기개세를 향하여 부복한 채 머리를 조아리고 있었다.

　그들은 아미처럼 모두 머리카락이 흰 백발이었다. 천시에 사는 백성들 머리카락은 검은색인데, 궁전, 즉 천문에 사는 사람들만 백발인 것 같았다.

　기개세와 아미를 태운 두 필의 백마가 완전히 궁전 안으로 들어가자 내려졌던 철교가 다시 상승하기 시작했다.

　웅웅웅……

第九十五章
패가수의 낙양성 잠입

大夫

대사부

　낙성검가의 세 소녀에게 일 년이라는 세월은 백 년보다도 더 길게만 느껴졌다.

　소옥군과 나운상, 소랑의 실질적인 남편인 기개세가 낙성검가를 떠난 지 어느덧 일 년이라는 세월이 흘렀다.

　지난 일 년 동안 중원 곳곳에서는 삼황사벌과의 싸움이 몸서리를 칠 정도로 끊이지 않고 또한 너무도 치열하게 벌어졌었다.

　현재의 중원천하는 거의 대부분이 삼황사벌의 수중에 떨어진 상황이다.

　다만 황궁이 있는 북경성과 낙양성, 악양성과 무창성, 남창성, 항주성만이 아직도 적에게 함락되지 않았다.

　북경성에는 뇌룡문이 버티고 있으며, 낙양성에는 천검신
문의 본가라고 할 수 있는 낙성검가와 성검문이 있고, 악양성
에는 태극문이, 무창성은 사도구련이 필사적으로 방어하고
있으며, 취봉문의 근거지인 남창성과 항주성은 너덜너덜 찢
긴 채 명맥만 유지하고 있는 정도다.

　낙양성 외곽에서는 성검문이 지휘하는 제일군 천전군과
낙양성 인근의 방, 문파들이 합세한 연합 세력이 삼황사벌을
맞이하여 연일 치열한 혈전을 벌이고 있었다.

　그 덕분에 낙양성 내는 비교적 평온을 유지할 수 있었다.

　낙성검가 안팎은 제오군 천휘군과 천검사영 네 명이 우두
머리로 있는 사무영대가 물샐틈없이 호위하고 있기 때문에
철옹성을 방불케 했다.

　중원천하는 칠 할 이상이 삼황사벌 수중에 떨어지고 곳곳
에서 수많은 방, 문파와 백성들이 도탄에 빠져 있었으나, 이
곳 낙성검가만큼은 여느 때와 다름없이 평화로웠다.

　소옥군과 나운상, 소랑 세 소녀는 기개세가 떠난 이후 거의
한시도 떨어지지 않고 꼭 붙어서 생활을 해왔다. 기개세의 침
실 한 침상에서 잠도 함께 잤다.

　물론 그가 있을 때처럼 알몸으로 서로 꼭 부둥켜안은 채 외
로움을 달래면서 잠을 잤다.

　지금도 세 소녀는 같은 방에서 서로 마주 본 자세로 앉아서 아침 운공조식을 하고 있는 중이다.

　소옥군이 제일 먼저 운공조식을 끝내고 눈을 뜨고는 나운상과 소랑을 방해하지 않으려고 그 자리에 가만히 앉아서 천천히 실내를 둘러보았다.

　그러다가 문득 탁자 앞 의자 등받침대 위에 한 마리 새가 앉아 있는 것을 발견했다.

　매 정도의 크기인데 온몸이 은은한 금빛으로 빛나고 머리 한복판에 흰 띠가 있으며 주둥이가 검은색인 매우 고귀해 보이는 새였다.

　그런데 소옥군의 눈길을 잡아끌고 있는 것은 그 새의 목에 하나의 흰 천이 감겨져 있으며, 그 천이 몹시 눈에 익다는 사실이다.

　"아……!"

　다음 순간 그 흰 천이 무엇인지 기억해 낸 소옥군은 크게 놀라서 나직한 탄성을 터뜨리며 벌떡 일어섰다.

　새의 목에 감겨져 있는 것은 오래전에 그녀가 기개세를 처음 만났을 때 그에게 주었던 비단 손수건이었다.

　그 당시에 기개세는 호북성 낙성검가를 떠나 대정숙으로 향하다가 괴한들에게 습격을 받은 직후에 소옥군의 미모를 보고 놀라서 코피를 쏟았는데 그녀가 코피를 닦으라고 비단 손수건을 주었던 것이다.

그런데 그것이 낯선 새의 목에 감겨져 있으니 어찌 놀랍지 않겠는가.

그즈음 나운상과 소랑도 운공조식을 끝내고 눈을 뜨다가 소옥군의 탄성을 듣고 의아한 표정을 지었다.

두 소녀는 일어나면서 소옥군이 뚫어지게 주시하고 있는 방향을 쳐다보다가 새를 발견하고 가볍게 놀랐다.

"웬 새가 방 안에……."

그때 소옥군이 새를 향해 조심스럽게 다가가면서 중얼거리듯이 말했다.

"저 새 목에 감겨 있는 비단 손수건은 대가의 것이야."

그 말에 나운상과 소랑은 크게 놀라 눈을 동그랗게 떴다.

"에엣? 어… 떻게 그런 일이……."

나운상이 화들짝 놀라자 소옥군이 주의를 주었다.

"쉿! 새가 놀라서 날아가겠어."

소옥군은 새가 날아갈까 봐 가까이 다가가지 못하고 일 장 거리를 남겨둔 채 멈춰서 안타깝게 발을 동동 굴렀다.

나운상과 소랑은 그녀 양옆에 서서 새를 뚫어지게 주시했다. 그러다가 소랑이 문득 말했다.

"어쩌면 저 새는 대가께서 보냈을지도 몰라요."

그러자 새가 알아들은 것처럼 고개를 크게 끄덕였다.

그 광경을 보고 세 소녀는 화들짝 놀랐으나 놀라움보다는 기개세가 새를 보냈을 것이라는 사실을 믿게 되어 기쁨을 감추지 못했다.

삐릿~ 비비빗~ 삐리릿!

"앗!"

"가면 안 돼!"

그때 새가 갑자기 울면서 허공으로 날아오르자 세 소녀는 날아가 버리는 줄 알고 소스라치게 놀랐다.

그러나 새는 가는 것이 아니라 세 소녀 머리 위에서 빙글빙글 원을 그리면서 회전하다가 갑자기 그녀들 앞으로 뚝 떨어지듯이 내려왔다.

그러고는 그녀들의 얼굴 높이에서 활짝 펼친 날개 끝을 미세하게 떨면서 정지비행을 했다.

새와 세 소녀의 거리는 불과 반 장 남짓.

세 소녀는 놀란 표정으로 새를 뚫어지게 바라보았다.

그때 갑자기 새의 두 눈이 화등잔처럼 커다랗게 떠졌다.

그러더니 새의 눈에 기개세의 모습이 또렷하게 나타났다.

"아!"

"대가!"

세 소녀는 비명 같은 신음을 터뜨렸다. 어떻게 새의 두 눈에 기개세의 모습이 나타난 것인지는 중요하지가 않다. 그저 기개세의 모습을 다시 볼 수 있다는 사실만이 그녀들에게는 중요할 뿐이다.

기개세는 별유천지 같은 아름다운 곳에서 바람에 옷자락

을 날리면서 서 있는 모습이다.

"아아… 대가……."

일 년여 만에 기개세를 다시 보게 된 세 소녀의 눈에서는 맑은 눈물이 방울방울 흘렀고, 얼굴에는 반가움과 그리움이 한꺼번에 떠올랐다.

그때 기개세의 모습이 커졌다. 새의 두 눈에는 기개세의 얼굴만 가득했다.

그리고 기개세가 입을 벙긋거렸다. 무슨 말을 하고 있는 것 같았다.

나운상이 기개세의 입 모양을 자세히 보면서 중얼거렸다.

"군아… 상아… 랑아… 사랑한다……. 보고 싶다……."

순간 세 소녀는 실내가 떠나갈 듯이 울음을 터뜨리며 입을 모아 외쳤다.

"으앙~! 저희두요!"

좌중은 울음바다로 변했다. 세 소녀가 그 자리에 주저앉아서 울자 새가 그녀들의 눈높이에 맞춰서 다시 하강했다.

"잠깐! 대가께서 뭐라고 말씀하세요."

눈물을 훔치던 소랑이 새의 눈을 가리키며 외치고 나서 기개세의 입 모양을 자세히 살피며 더듬거렸다.

"곧… 만나게… 될 것이다……. 상비가… 너희를 보호할 테니까… 데리고 있어라……."

그다음에 세 소녀는 눈물 머금은 눈으로 기개세의 입 모양을 보면서 입을 모아 더듬거렸다.

"사… 랑… 한… 다……."

그러자 또다시 울음이 터졌다.

"와아앙~! 저희두요!"

새의 눈에서는 더 이상 기개세의 모습이 보이지 않았다.

"대가!"

"보고 싶어요, 대가!"

세 소녀는 새 앞에 바짝 달려들며 비명을 질러댔다.

새, 상비는 눈을 원래대로 작게 만들며 그녀들을 위로하듯이 울었다.

쪼로롱! 쫑쫑쫑!

*　　　　*　　　　*

천문은 천족(天族)으로 이루어져 있으며, 그들을 천인(天人)이라고 한다.

천족은 세상에 인간들이 나타나기 훨씬 이전부터 이 땅에서 살고 있었다.

아니, 천족은 천상과 지상을 자유롭게 오가면서 삼라만상을 자유롭게 향유했었다.

지금으로부터 수만 년 전, 천상을 지배하는 천족의 위대한 절대자인 상제(上帝)께서 자신과 천상의 신들, 즉 천족의 형상을 본떠서 새로운 생명체를 만들었으니, 그것이 바로 최초의 인간이다.

상제께선 인간들을 지상, 즉 중원천하에서 살게 하고는 가끔씩 천족을 한 명씩 지상에 내려보내서 우매한 인간들에게 갖가지 살아가는 지혜를 가르치도록 했다.

천족을 많이 닮은 인간들은 천족의 가르침을 잘 받아들여서 농사를 짓고 어업과 수렵을 하는가 하면, 옷과 집을 만들기도 하고 짐승을 잡아서 기르는 목축도 할 수 있게 되어 풍족한 생활을 하면서 자손들을 널리 퍼뜨렸다.

상제께선 그런 인간들을 굽어보시며 대견한 자식들을 보는 양 기특하게 여기셨다.

이후 수만 년의 세월이 흐르는 동안 인간들은 중원천하 곳곳으로 퍼져 나갔으며, 마을을 이루어 번창하고 여러 개의 나라를 세우면서 부강해졌다.

그즈음 상제께서 전혀 예상하지 못했던 일이 벌어졌다.

인간들이 서로 싸우기 시작한 것이다. 싸움의 원인은 탐욕과 이기심이다.

더 많은 것을 차지하기 위해서 다른 사람을 죽이고 그가 갖고 있던 것들을 강제로 탈취했다.

인간들끼리의 작은 싸움은 마을 간의 싸움으로 발전했고, 그것은 다시 나라와 나라 간의 전쟁으로 커졌다.

그것으로도 모자라서 중원천하 밖의 새외 변방 오랑캐들

이 중원천하를 침공하여 백성들을 도륙했으며, 중원 내에 생긴 무림이라는 곳에서도 끊이지 않고 피 튀기는 싸움을 일으켜서 선하고 연약한 사람들을 공포에 떨게 만들었다.

인간들 스스로 탐욕을 버리고 전쟁과 싸움을 중지하도록 기다리시던 상제께선 드디어 조치를 취하시기에 이르렀다.

천상의 천족 오십 인을 지상에 보내서 그들로 하여금 중원천하에서 벌어지는 전쟁으로부터 선량한 백성들을 보호하게 한 것이다.

그것이 지금으로부터 이천삼백여 년 전의 일이며 그 천족이 바로 천문이다.

그 당시 지상에 강림한 천족은 천산산맥에서 대대로 유목생활을 하던 하나의 부족을 선택하여 그들을 이끌고 등격리산 정상 부근에 있는 하나의 거대한 고원지대로 갔다.

둘레가 오백여 리에 이르는 그곳에 결계를 쳐서 외부와 차단하고 그 안을 별유천지로 가꾸기 시작했다.

수만 년 동안 유목 생활을 하면서 극한의 궁핍과 가난을 대물림하면서 살아왔던 유목민 부족은 그때부터 부족함이 없는, 꿈속에서나 가능한 행복하고 풍요로운 생활을 할 수 있게 되었다.

천족은 천문을 이끌 우두머리, 즉 문주를 중원에서 찾으라는 상제의 지시를 받았다.

그렇다고 중원인, 즉 인간을 천문의 문주로 삼으라는 것은 아니다.

지난 수만 년 동안 상제의 명령으로 지상에 내려와서 인간들을 가르치고 이끌었던 천족은 천족 중에서도 지도층에 속하는 천신족(天神族)에서 선택된 천신들이었다.

그 천신의 후예를 찾아내서 천문주로 삼는 것이다.

그 당시의 천신들은 천상으로 돌아가지 않고 지상에 남아서 인간의 여자와 혼인을 하고 대대로 중원에서 살았다. 끝까지 지상의 인간들을 돌보기 위해서였다.

천신들은 초창기에는 천신의 능력을 고스란히 지니고 있었으나, 지상에서 수만 년간 생활하는 동안 거의 완전하게 인간화(人間化)되었기 때문에 모든 면에서 인간하고 다를 바가 없었다.

그렇지만 천신의 후예를 천문으로 데리고 와서 원래의 능력을 되찾게 해주면 다시 수만 년 전 그 옛날의 천신으로 회복되는 것이다.

수만 년 동안 천상에서 지상으로 내려온 천신족의 천신은 모두 열다섯 명이다.

그들은 모두 인간의 여자를 한 사람만 맞이하여 아내로 삼고 아들이든 딸이든 단 한 명의 자식을 두었다.

그러므로 수만 년이 지난 현재도 중원천하에 흩어져서 사는 천신의 후예는 열다섯 명뿐이다.

아무나 천문의 문주가 될 수 있는 것이 아니다. 천문은 그렇게 이천삼백여 년 동안 중원천하에서 여덟 명의 천신을 찾아내서 문주로 맞이했던 것이다.

그리고 제구대 천문주가 열다섯 명의 천신의 후예 중 한 명인 기개세인 것이다.

＊　　　＊　　　＊

반 년 후.

중원천하는 하남성만을 남겨두고 모조리 삼황사벌의 수중에 떨어졌다.

천검신문의 전 고수와 마도삼세, 그리고 천불지도를 비롯한 구대문파의 고수들, 또한 하남성과 무림 각처 방, 문파들의 잔존 세력들이 하남성으로 모여들어 최후의 보루로 삼고 있는 중이다.

태극문과 사도구련이 버티고 있던 악양성과 무창성, 그리고 뇌룡문의 북경성, 취봉문의 남창성과 항주성은 차례로 삼황사벌에게 함락되었다.

삼황사벌의 세력이 워낙 거대하고 또 강력하다는 이유도 있었지만, 천검신문의 휘하 세력들이 뿔뿔이 흩어져 있어서는 제 능력을 발휘하지 못할 것이라는 천검총군주 도기운의 결정에 따라 작전상 하남성으로 후퇴를 한 것이다.

삼황사벌은 황족들을 죽이거나 유배를 보내고 자금성을

점령한 후 국호(國號)를 '울(亐)'이라고 칭했다.

찬란했던 대명제국이 멸망하고 새로운 오랑캐의 나라인 울제국이 탄생한 것이다.

중원천하는 여러 차례 오랑캐에게 지배를 당한 적이 있었고, 얼마 전까지만 해도 북적(北狄) 몽고의 침략을 받아 이 땅에 원(元)나라가 세워졌던 시절도 있었다.

삼황사벌, 아니, 울제국은 중원천하의 마지막 저항 세력이 하남성에 대거 집결해 있는 것을 눈엣가시처럼 여기고 있는 상황이다.

더구나 울제국으로서는 천검신문이 아직도 건재하기 때문에 중원천하를 완전히 정복했다고 안심하지 못하고 있었다.

울제국은 최초에 고수 이십오만을 앞세워 군사 백십만으로 중원을 침공했었다.

당시 대명제국의 군사는 백이십만이었는데도 불구하고 어떻게 중원이 그리 쉽사리 붕괴되었는지는 아직도 풀리지 않는 수수께끼로 남아 있다.

어쨌든 울제국은 일 년 육 개월에 걸쳐서 중원을 침공, 정복하는 과정에서 삼만 명의 고수와 십오만의 군사를 잃었으나, 아직도 이십이만의 고수와 백오만의 군사, 도합 백이십칠만이라는 어마어마한 전력(戰力)을 지니고 있었다.

그 전력을 하남성으로 집중시켜서 총공격을 가한다면 단 며칠 만에 천검신문 이하 모든 저항 세력을 쓸어버릴 수가 있을 것이다.

하지만 울제국은 그렇게 하지 않았다. 아니, 할 수가 없었다. 이제 막 중원천하를 접수했기 때문에 할 일이 태산처럼 많았기 때문이다.

우선 고수들과 군사들을 하남성으로 모을 수가 없다.

중원 도처에서는 아직 완전히 섬멸되지 않은, 그리고 완전히 굴복하지 않은 무림 세력과 지역 토호들의 사병(私兵) 세력이 호시탐탐 발호할 기회를 노리고 있었기 때문이다.

펄펄 끓고 있는 솥 안의 뜨거운 물이 넘치지 않게 하려면 무거운 솥뚜껑을 내리누르고 있어야만 한다.

울제국의 백이십칠만 고수와 군사가 바로 그 솥뚜껑 역할을 하고 있는 것이다.

그래서 최소한의 고수 오만으로 하여금 하남성을 압박하고 있는 중이다.

하남성의 잔존 세력들을 토벌하지는 못하더라도 밖으로 새어 나오지 못하도록 억압하려는 속셈이다.

그렇게만 해두면, 머지않아서 중원 도처의 저항 세력들을 하나둘씩 완전히 복속시키고, 그곳의 고수와 군사들을 차례차례 하남성으로 집결시켰다가 때가 되면 폭풍처럼 몰아쳐서 일거에 쓸어버리면 되는 것이다.

*   *   *

한동안 깊은 생각에 잠겨 있던 패가수가 자신의 앞 탁자에 놓인 지도를 짚으면서 묵직하게 입을 열었다.

"나는 최정예 고수 백 명을 이끌고 하남성 북쪽으로 잠입했다가 낙양성 근처에 이르러 낙수를 헤엄쳐서 거슬러 올라 영은사(迎恩寺) 앞에서 수로(水路)를 타고 낙양성 안으로 잠입하겠다."

패가수는 하남성을 포위하고 있는 울제국의 오만 고수들을 총지휘하는 토벌총군주(討伐總軍主)의 지위다.

이곳은 하남성과 하북성의 경계 지역 하북성 쪽 장항현(長恒縣)의 어느 대장원 내 전각 안이다.

이 대장원은 얼마 전까지만 해도 현무문(玄武門)이라는 명문정파였으나 삼황사벌에게 멸문당하고 지금은 울제국 하남성 토벌총군의 임시 진영으로 사용되고 있었다.

패가수는 커다란 태사의에 몸을 묻은 채 앉아 있고, 그의 앞쪽 좌우에는 토벌총군을 지휘하는 열 명의 군주가 다섯 명씩 마주 보는 자세로 시립해 있다.

"산."

패가수는 생각에 잠긴 표정으로 턱을 괸 채 나직한 목소리로 누군가를 불렀다.

"하명하십시오."

그러자 오른쪽 첫 번째에 서 있던 준수한 청년이 한쪽 무릎을 꿇었다.

그는 과거 중원무림에서 혁혁한 명성을 날리던 무림오대세가 중 하나인 남궁세가의 마지막 후계자 남궁산이었다.

패가수는 토벌총군의 '제일군주'라는 남궁산의 정식 호칭 대신에 '산'이라고 이름을 불렀다. 남궁산은 패가수가 이름을 불러주는 유일한 사람이다.

"너는 백 명의 최정예를 이끌고 나와 함께 낙양성에 잠입하여 서북쪽 망산(亡山)에서 윤수(潤水)를 타고 남하하다가 서공(西工)에 이르러 수로를 타고 성안으로 잠입한 후 낙성검가 내에서 나와 만나자."

"존명."

"모두 귀식대법을 전개하여 낙성검가에 최대한 가깝게 접근할 때까지는 절대 수로 밖으로 모습을 드러내서는 안 된다. 알겠느냐?"

"목숨을 걸고 지키겠습니다."

예전보다 훨씬 더 강인한 모습으로 변모한 남궁산은 이마를 바닥에 대면서 공손히 대답했다.

패가수는 턱에서 손을 떼고 좌중을 둘러보며 중얼거리듯이 말했다.

"오늘 밤 자정에 출발한다."

그때 왼쪽 첫 번째의 청년이 조심스럽게 입을 열었다.

"대공, 이백 명만으로 가능하겠습니까?"

그는 삼황사벌 중에 융황 최고 우두머리 태대등의 친아들인 후령위의 신분을 지니고 있으며 이름은 '마조', 현재의 신분은 '제이군주' 다.

대정숙에 위장으로 입교하여 파벌 오대군림에 가입, 무림 오대세가 자제들을 포섭했던 바로 그 청년이다.

일 년 반쯤 전에 그는 꽤 높은 지위였으나 지금은 남궁산보다 지위가 낮다.

남궁산은 패가수가 자신의 그림자처럼 데리고 다니면서 함께 무공을 연마하고 숙식을 하는 등 전폭적인 총애를 받고 있었다.

그렇지만 만약 남궁산의 능력이 패가수의 기대에 못 미쳤다면 그는 지금의 지위에 오르지 못했을 것이다.

패가수는 가벼이 이글거리는 눈빛으로 마조를 쳐다보았다.

"이것은 총공격이 아니다."

그의 눈빛을 접한 마조는 가볍게 움찔하며 고개를 조아리며 뒤로 물러섰다.

패가수의 강한 어조의 목소리가 이어졌다.

"우리의 목적은 낙성검가에 잠입하여 천문주의 측근들, 특히 계집들을 납치하고 때에 따라서는 낙성검가를 초토로 만들려는 것이다."

"알… 고 있습니다."

“그러기 위해서 많은 수는 필요하지 않다. 소수 정예로 귀신처럼 잠입하여 일을 성공시키는 것이 관건이다.”

그는 손가락 하나를 세웠다.

“잊지 말아야 할 것은, 만약 낙성검가에서 불길이 치솟는 것이 확인되면 너희들이 일거에 총공격을 가해야 한다는 사실이다.”

남궁산과 마조, 여덟 명의 군주가 일제히 허리를 굽혔다.

“존명!”

패가수의 제일 목적은 천문주의 여자들을 납치하는 것이다.

정보에 의하면 천문주는 일 년 육 개월 전에 태문주가 되기 위해서 천문으로 떠났다고 한다.

그리고 그에게는 아내나 다름이 없는 세 여자가 낙성검가에 남아 있다는 것이다.

‘아내나 다름이 없는’ 이라는 것은 천문주에게 매우 소중한 여자들이라는 뜻이다.

삼황사벌이 과거 세 차례 중원을 침공했었다가 뼈아픈 실패를 경험할 수밖에 없었던 이유는 태문주가 이끄는 천문의 천족 때문이었다.

천문주가 태문주가 되어 천문을 이끌고 중원으로 돌아온다면 골치가 아파진다.

삼황사벌도 이번 네 번째 침공에는 철저하게 준비를 했기 때문에 태문주와 천문에 패하지 않을 자신이 있었지만, 일부러 그들과 정면으로 부딪치는 것은 어리석은 짓이다.

할 수만 있다면 편법을 써서라도 태문주와 천문을 무력화시키는 것이 최선이다.

바로 그 편법이 '태문주의 세 여자' 를 납치하여 장차 태문주가 중원에 돌아왔을 때 그의 약점으로 최대한 활용하자는 것이다.

그리고 그것은 남궁산의 제안이었고, 패가수가 받아들여서 실행에 옮기려는 것이다.

패가수는 이번 낙양성 잠입에 두 가지를 노리고 있었다.

첫째는 천문주의 세 여자를 납치하는 것이고, 두 번째는 기회를 엿봐서 낙성검가를 철저히 괴멸시키는 것이다.

현재 낙성검가는 천검신문의 중원 본거지 역할을 하고 있으며, 그곳에는 천검신문의 핵심 인물들이 대거 포진하고 있는 상태다.

패가수와 남궁산이 이끄는 최정예 고수 이백 명으로 낙성검가를 괴멸시키는 일은 결코 쉬운 일이 아닐 것이다.

그래서 패가수도 그것에는 그다지 기대를 하고 있지 않다. 하지만 만약 기회가 주어진다면 그 기회를 절대 놓치지 않을 생각이다.

그로부터 닷새 후 늦은 밤.

하북성 장항현을 출발한 패가수와 남궁산이 이끄는 이백 명의 최정예 고수들은 하남성 북쪽을 서쪽으로 빙 휘돌아서 낙양성에서 정북(正北)쪽 백여 리 거리에 위치한 백마관(白馬關)에 도착했다.

하남성이 천검신문의 영역이라고는 하지만 그들은 하남성 전역을 방어하지는 못하고 있는 상황이다.

하남성 북부 지역을 서쪽에서 동쪽으로 가로질러 유유히 흐르고 있는 황하의 이북은 흡사 닭의 벼슬처럼 불쑥 튀어나온 지역이다.

그런데 그 지역은 하남성 전체 면적으로 치면 일 할에 미치는 정도이고, 바다처럼 넓은 황하 이북에 있다는 지정학적 여건 때문에 방어를 하는 데 애로점이 많았다.

또한 하남성 동남쪽 말단의 안휘성 접경 지역인 정양현(正陽縣) 남쪽 평야 지대는 닭의 꼬리처럼 길게 튀어나온데다 하남성의 중심지인 낙양성과 개봉성에서 너무 먼 시골이라는 점 때문에 거의 방어를 하지 않고 있는 실정이다.

이렇듯 황하 이북의 일 할 지역과 동남쪽 일 할 지역, 도합 이 할 크기의 지역은 천검신문이 거의 방치하고 있다시피 하고 있는 곳이었다.

그런데 그 두 지역은 그다지 요충지가 아니라서 울제국의 고수들도 거들떠보지 않고 있었다.

패가수 일행이 도착한 백마관은 하남성과 산서성 접경 지대에서 산서성 쪽에 위치해 있으며, 그곳에서 낙양성까지는 남쪽으로 불과 백여 리 거리다.

그렇기 때문에 천검신문은 다른 황하 이북 지역은 방치를 하더라도 이곳의 황하 이북은 삼엄하게 경계를 하고 있었다.

산서성 북쪽에서 남쪽으로 백마관을 비껴 흘러 황하로 합쳐지는 강이 비수(泌水)다.

패가수는 백 명의 최정예 고수와 함께 비수로 뛰어들어 강을 따라 남하하기 시작했다.

천검신문의 경계가 너무도 삼엄하기 때문에 강물 속이 아닌 다른 방법으로는 도저히 남하할 수 없는 상황이다.

백마관에서 패가수와 헤어진 남궁산은 백 명의 최정예 고수를 이끌고 서남쪽으로 이동하여 하남성과 산서성의 접경 지대인 신성산(新城山)과 왕실산(王室山)을 지나 항곡현(恒曲縣)에 당도했다.

산서성의 항곡현은 하남성과의 접경 지대이며 황하가 흐르는 곳으로, 울제국의 고수들이 장악한 곳이다.

남궁산은 그곳에서 밤이 되기를 기다렸다가 수하들을 이끌고 황하로 뛰어들어 동쪽으로 오십여 리쯤 향하다가 망산에 이르러 강에서 나와 망산을 넘어 마침내 동틀 녘에 윤수에 도착하는 데 성공했다.

그곳에서 낙양성까지는 불과 오십여 리밖에 되지 않아서 경계가 무척이나 삼엄하기 때문에 남궁산과 수하들은 윤수가까운 곳의 망산 기슭 무덤 속으로 기어들어 가서 밤이 되기를 기다렸다.

망산은 북망산(北邙山)이라고도 부르는 곳으로써, 예로부터 이곳에 무덤을 만들면 후손들이 번성한다고 알려져서 산 전체가 발 디딜 틈조차 없이 빼곡하게 수십만 개의 무덤으로 가득 차 있었다.

第九十六章

무량육신공(無量六神功)

대사부

　오십여 년 전, 서장 각 지역의 패자인 삼황사벌을 일통시킨 세력이 있었다.

　오랜 세월 동안 삼황사벌 중에서 가장 약체로 여겨졌던 사벌의 하나인 북신벌(北辰閥)이다.

　사실 북신벌은 중원을 정복하기 위해서는 삼황사벌부터 일통시키는 것이 우선이라고 판단하여, 실로 오랜 세월 동안 자신들의 본실력을 감춘 채 장장 이백오십여 년 동안 남몰래 힘을 길러왔었다.

　그러고는 지금으로부터 오십여 년 전에 불과 삼 년에 걸쳐서 삼황삼벌을 모조리 제압하여 일통하기에 이르렀다.

그렇게 해서 탄생한 것이 서장 사상 최초의 초거대 세력인 동시에 최초의 서장 통일국가인 '올황국(兀荒國)'이다.

그러나 그 사실은 추호도 외부에 알려지지 않았다. 그 상태에서 올황국의 주체 세력인 북신벌은 지난 오십여 년 동안 중원침공 준비를 착착 진행시켰던 것이다.

올황국의 최고 우두머리는 북신벌의 우두머리였던 북신천황(北辰天皇) 율가륵(律可勒)이다.

그러므로 올황국의 초대 국왕 자리에는 자연스럽게 율가륵이 올랐다.

율가륵에게는 두 명의 아들과 한 명의 딸이 있었다. 세 자식 모두 태산을 뽑고 동해를 쪼갤 만한 능력의 소유자들이다.

패가수는 율가륵의 둘째 아들, 즉 이왕자(二王子)의 신분이다.

옛말에 지키는 사람이 열 명이라고 해도 도둑 한 명을 막지 못한다고 했다.

더구나 도둑의 능력이 특출하다면 지키는 사람이 백 명이라고 해도 막기 어려울 것이다.

도둑 패가수와 백 명의 수하는 낙성검가에서 가장 가까운 수로까지 도착하는 데 성공했다.

낙양성은 북경성만큼은 아니지만 대체로 성내의 수로 시

설이 잘 되어 있는 편이다.

성의 서쪽에서는 윤수를, 남쪽에서는 낙수를 각각 성안으로 끌어들여서 낙양성 내를 북에서 남쪽으로 가로질러 흐르는 취운하(翠雲河)와 합류시켰다.

그래서 성내의 곳곳을 거미줄 같은 수로로 연결하여, 폭이 넓고 깊은 대수로(大水路)와 중수로(中水路)에는 크고 작은 배들이 왕래하는 교통수단으로 이용하고, 폭 일 장 남짓의 소수로(小水路)는 성민들의 빨래터나 물을 길어서 쓸 수 있는 용수장(用水場)으로 사용하고 있었다.

낙성검가에서 가장 가까운 수로는 십오 장 거리에 있다.

낙양성이 제아무리 경계가 삼엄하다고 해도 한밤중에 패가수와 백 명의 최정예 고수가 그 정도 거리를, 그것도 수로와 낙성검가를 연결하는 지하 하수로(下水路)를 통해서 이동하는 데에는 아무런 문제가 없었다.

하수로는 땅 아래에 매설되어 있으며 한 사람이 기어서 이동해야 할 정도로 좁았다.

또한 악취 풍기는 더러운 오수(汚水)가 흐르지만 그 정도는 장애가 되지 않았다.

오히려 낙성검가에 잠입하는 방법이 이처럼 손쉽다는 사실에 감사해야 할 처지다.

약간의 장애물이 있기는 했다. 하수로의 끝, 그러니까 낙성검가로 진입하는 담 아래쪽에 어린아이 손목 굵기의 철장이

가로막혀 있다는 것이다.

하지만 그 정도는 패가수가 쇠막대를 잡고 가볍게 힘을 주자 수수깡처럼 맥없이 부러졌다.

마침내 패가수 일행은 십오륙 장 길이의 하수로를 타고 낙성검가로 잠입하는 데 성공했다.

그러나 하수로 끄트머리가 부옇게 밝았다. 동이 튼 것으로 판단한 패가수는 하수로를 나가지 않고 그 안에서 밤이 되기를 기다리기로 했다.

쥐 떼와 온갖 벌레가 들끓는 더러운 하수로 속에서 패가수와 백 명의 수하는 귀식대법을 전개한 채 죽은 듯이 엎드려 있었다.

낙성검가가 워낙 크다 보니 주방과 식당이 있는 주방전(廚房殿)이 열두 군데에 달한다. 그 말은 곧 하수로가 열두 갈래 이상이라는 뜻이다.

기다리던 밤이 찾아오자 패가수는 수하들을 하수로 안에 남겨둔 채 혼자만 하수로를 빠져나왔다.

하수로의 출구는 주방전 입구에서 불과 일 장밖에 떨어지지 않은 곳에 위치해 있었다.

패가수는 자신과 수하들이 낙성검가 내에서 좀 더 자유롭게 활동하기 위해서 최소한의 준비를 하려고 하수로를 나온 것이다. 즉, 낙성검가 내부를 파악하려는 것이다.

하수로에서 나온 패가수의 몸에서는 지독한 악취가 풍겼다.

그는 가까운 인공 숲 속으로 뛰어들어 한 그루 거목 뒤에 숨어서 날카롭게 바깥쪽을 주시했다.

낙성검가 내부의 지리를 전혀 모르기 때문에 허술한 놈을 하나 제압해서 문초를 하려는 것이다.

허술한 놈을 잡으려는 이유는, 교육을 제대로 받은 놈보다 쉽게 실토를 할 것이기 때문이다.

이른 밤이라서 주방전에서는 숙수나 찬모, 하인이 가끔 바깥으로 나와 필요한 물건들을 갖고 들어가거나 하수로에 찌꺼기를 버리고 들어가기를 반복했다.

주방전 사람들을 제압해서 알아내는 것은 패가수 일행에게 그다지 쓸모가 없을 것이다.

패가수가 숲 속에 몸을 감춘 지 열 호흡이 채 못 됐을 때, 주방전의 어두운 왼쪽 모퉁이를 두 명의 경장고수가 돌아서 나란히 걸어나왔다.

그들은 황색 바탕에 불을 뿜는 용 한 마리가 상의 앞뒤를 휘감고 있는 그림이 수놓인 옷을 입고 있으며, 용의 앞발에는 여의주와 한 자루 도가 쥐어져 있었다.

패가수는 숨소리도 내지 않은 채 두 명의 경장고수를 쏘아보다가 그들을 제압하는 것을 포기했다. 한눈에도 일류고수 이상이라는 것을 간파했기 때문이다.

패가수 혼자 두 명을 충분히 제압할 수 있지만, 힘들게 제압해 봐야 소용이 없을 것이라고 판단했다. 왜냐하면, 고강한 자들일수록 입이 무겁기 때문이다.

사실 두 명의 경장고수는 천검사영 담신기 휘하의 전무영대 고수들이었다.

전무영대는 뇌룡문의 최고 고수인 뇌룡백도로 구성되었기 때문에 패가수가 그들을 일류고수 이상으로 본 것은 정확한 판단이었다.

현재 사무영대가 열흘 간격으로 돌아가면서 낙성검가를 경호하고 있는데, 이번에는 전무영대 차례였다.

패가수는 그 자리에서 일각 동안 꼼짝도 하지 않고 숲 밖을 지켜보았다.

그사이에 뇌룡고수들이 두 명씩 네 차례, 흑의경장을 입고 얇은 강철로 만든 칠흑처럼 검은 투구를 쓴 흑의고수들이 두 명씩 네 차례 도합 여덟 차례나 지나갔다.

패가수는 흑의고수들이 뇌룡고수 못지않은 고수라는 사실을 한눈에 간파했다.

그가 일각 동안 도합 여덟 차례나 순찰을 발견한 것은 두 가지 사실을 뜻한다.

첫째, 불과 열 호흡에서 열두 호흡 사이에 한 차례씩 순찰이 돌고 있다는 것.

둘째, 천문주의 세 여자를 납치하는 일이 결코 쉽지 않을 것이라는 사실이다.

그가 일각 동안에 네 번이나 본 검은 투구를 쓴 흑의고수들
은 사도구련 총련주의 직속 친위대인 흑살대, 즉 흑살백수라
고 불리는 사파 최고의 고수들이었다.

천검오군의 제이군 천중군의 군주인 기무군은 사랑스러운
세 명의 며느리를 보호하기 위해서 자신이 가장 신임하는 흑
살백수 백 명으로 하여금 밤낮 가리지 않고 그녀들을 호위하
라고 엄명을 내렸다.

문득 패가수의 눈이 가볍게 빛났다. 주방전의 오른쪽 모퉁
이에서 한 명의 경장고수가 모습을 나타내고 있었다.

그런데 그는 뇌룡고수도, 흑살백수도 아니다. 바로 패가수
가 기다리고 있던 허름한 놈이었다.

갈의경장을 입고 한 자루 검을 멨으며, 꼿꼿한 자세로 침착
하게 주위를 경계하면서 걷고 있는 모습이다.

그러나 굶주린 이리의 눈보다 더 날카로운 패가수의 눈은
그가 '허름한 놈' 이라는 사실을 확신했다.

그도 그럴 것이, 패가수가 지금 보고 있는 경장고수는 낙성
검가의 고수다. 천검신문 내에서 가장 약한 제오군 천휘군 휘
하인 것이다.

낙성검가는 원래 천검신문에 들 자격이 없었으나 기개세
가 다음 대, 즉 제십대 천문주를 안배하는 차원에서 낙성검가
를 천검호문으로 받아들였었다.

그래서 낙성검가가 주체인 제오군 천휘군은 싸움에는 일

체 참가하지 않고 낙양성 내의 치안 유지나 낙성검가의 경호를 주로 맡고 있는 형편이었다.

그나마도 주된 임무는 하지 못하고 보조 역할을 하고 있다.

낙성검가의 고수, 즉 낙성검수가 모퉁이를 막 돌기 직전에 패가수의 검지와 중지손가락이 튕겨지며 두 줄기 지풍이 추호의 기척도 없이 뿜어져 나갔다.

일체 음향이 없는 무음(無音)이고, 보이지도 않는 무형(無形)의 지풍이다. 그러면서도 빛처럼 쾌속했다.

파팍!

나뭇잎 하나가 땅에 떨어진 듯 아주 미약한 음향과 함께 낙성검수는 마혈과 아혈이 동시에 제압되어 그 자리에서 뻣뻣해졌다.

그의 몸이 기우뚱하며 쓰러지려고 할 때 숲 속에서 한줄기 빛살처럼 쏘아 나온 패가수가 재빨리 그를 안고 다시 숲 속으로 스며들었다.

모퉁이를 돌아 나오던 낙성검수가 지풍에 마혈과 아혈이 제압되고 숲 속으로 끌려 들어간 것은 눈 한 번 깜빡이는 찰나지간에 일어나고 끝났다.

패가수는 너무도 손쉽게 낙성검수를 제압했으며, 그가 원했던 모든 정보를 그에게서 알아낼 수 있었다.

패가수는 자신이 원하는 것을 모두 알아낸 후에 낙성검수의 옷으로 갈아입었다.

이어서 낙성검수의 단전에 손바닥을 활짝 펼쳐서 밀착시
키고 공력을 슬쩍 끌어올렸다.

스으으……

그러자 낙성검수의 단전에 모여 있던 오십 년 공력이 패가
수의 장심을 타고 흡수되면서 낙성검수의 몸은 바람이 빠진
가죽 공처럼 쭈글쭈글해지더니 잠시 후에는 헐렁헐렁한 껍질
만 남았다.

패가수는 껍질을 둘둘 말았다. 그것은 한 움큼 크기밖에 되
지 않았다. 패가수는 그것을 풀숲 속에 던져 넣었다.

기개세의 거처이며 현재는 소옥군과 나운상, 소랑이 묵고
있는 낙성검가 내 북두전.

패가수는 북두전을 두 바퀴 돌고 난 후에 천문주의 여자들
이 어디에 있는지 알아냈다.

뿐만 아니라 북두전 주위를 순찰하거나 경계하고 있는 고
수들의 위치와 수 등을 완벽하게 알아냈다.

그러고는 천문주의 여자들이 있는 방의 창에서 직선거리
로 삼 장이 채 못 되는 정원의 여러 그루 나무들 사이에 유령
처럼 숨어 있는 중이다.

지금까지는 순조로웠다. 마지막 하나 남은 것은 이곳에서
남궁산을 만나는 일이다.

오늘 밤 자정까지 천문주의 여자들이 머무는 거처 근처에

서 남궁산과 만나기로 약속했었다.

그가 제 시간에 오지 않더라도 패가수는 단독으로 계획을 실행할 생각이다.

남궁산은 지금껏 한 번도 패가수를 실망시킨 적이 없었다.

패가수는 남궁산을 중원인이라고 생각해 본 적이 없다.

일 년 반쯤 전에 개봉성 정린장에서 천검신문 천문주를 비롯하여 천검사신위 등의 급습을 받았을 때 패가수는 간신히 목숨만 부지한 채 도망을 쳤었다.

그 당시 그는 자신의 무공 실력이 형편없다는 사실을 뼈저리게 느끼고 이후 서장 최고의 절학을 찾아내서 남궁산과 함께 연마했다.

공력을 높이기 위해서 특단의 방법을 사용하기도 했는데, 바로 채음대법(採陰大法)이다.

즉, 여자와의 정사를 통해서 그녀의 음기를 모조리 흡수하여 자신의 공력으로 만드는 것이다.

채음대법을 전개하면 여자는 남자의 음경이 옥문에 삽입된 상태에서 극락의 쾌감을 맛보면서 온몸의 음기를 한 움큼도 남기지 못하고 말라비틀어져서 죽고 만다.

지난 일 년 반 동안 패가수와 남궁산은 거의 매일 한 명 이상의 여자와 채음대법을 벌였었다.

그로 인해서 목숨을 잃은 여자의 수가 각각 육칠백 명에 이를 정도다.

　물론 죽은 여자들은 모두 중원 사람이다. 하지만 그것은 패가수와 남궁산이 중원에 머물고 있었기 때문이지, 만약 서장에 있었다면 서장 여자들이 희생됐을 것이다.

　그 결과 현재 패가수는 과거에 비해서 세 배 이상 고강해졌으며, 원래 하수였던 남궁산은 그때보다 대여섯 배 이상 고강해졌다.

　지금은 임시(壬時:밤 11시)가 지난 시각이다. 패가수는 정확하게 자정까지 기다렸다가 행동을 개시할 생각이었다.

　실내에는 세 소녀가 차를 마시면서 담소를 나누고 있었다.

　하지만 늘 함께 있는 나운상이 보이지 않고 그 대신 독고비가 있었다.

　나운상은 수하인 중무영대 성검백수들에게 지시할 것이 있어서 잠시 자리를 비웠다.

　그사이에 독고비가 찾아와서 소옥군, 소랑과 재미있는 대화를 나누고 있는 것이다.

　기개세가 낙성검가를 떠나고 얼마 지나지 않아서 기무군이 흑살대를 이끌고 낙성검가로 돌아왔었다.

　그때 낙성검가에 머물고 있던 독고비와 기무군은 정면으로 마주쳤었다.

　정혼자인 기개세를 찾기 위해 무창성 사도구련 총련에 쳐들어가서 기무군과 기화종을 반죽음 상태로 만든 적이 있는 독고비는 낙성검가에서 뜻하지 않게 기무군과 마주치고는 적잖이 놀랐었다.

기무군 역시 낙성검가에서 독고비를 만날 줄은 꿈에도 예상하지 못했기에 독고비 못지않게 놀랐다.

하지만 두 사람은 여러 사람들이 함께 있었기 때문에 서로 초면인 것처럼 행동을 했다.

그리고 나중에 두 사람은 은밀한 곳에서 대화를 나누었다.

그때 기무군은 큰 실수를 했다. 독고비가 낙성검가에 있는 것을 보고 그녀가 당연히 자신의 정혼자가 기개세라는 사실을 알고 있을 것이라고 오해를 한 것이다.

총명이 하늘에 닿은 독고비는 기무군이 하는 얘기를 듣고는 그제야 천문주가 기개세이며 자신의 정혼자라는 사실을 알게 되었다.

하지만 그녀는 자신이 그 사실을 처음 알게 된 것을 기무군에겐 비밀로 했다.

어쨌든 독고비는 그 당시로선 어찌해 볼 도리가 없었다. 정혼자인 기개세도 없는데다가 삼황사벌의 침공으로 정신없이 어수선한 상황이었기 때문이다.

그날 이후 독고비는 소옥군과 나운상, 소랑에게 관심을 갖기 시작하고는 시간이 나는 대로 그녀들과 자주 어울리기 시작했다.

그녀들과 가까워져서 뭘 어떻게 해보겠다는 생각 같은 것은 없었다.

단지 기개세의 정혼녀의 입장에서, 기개세의 부인이나 다름이 없는 세 여자에 대한 일말의 호기심 같은 것이 작용했을 뿐이다.

그렇게 일 년 반이라는 세월이 흐르는 동안 독고비는 세 여자와 매우 친해져서 이제는 하루라도 못 보면 안 될 정도로 가까운 사이가 되었다.

독고비는 낙성검가에서 거의 매일 숙식을 하고 있으나 잠을 잘 때 세 여자와 함께 잘 정도로 친해진 것은 아니다.

아니, 세 여자가 함께 자는 것은 '기개세의 여자' 이기에 가능한 것이다. 독고비는 아직 기개세의 여자가 아닌 것이다.

"그래서 어떻게 됐어요?"

소옥군이 기개세하고 있었던 예전 일을 이야기하자 독고비는 호기심 가득한 표정으로 다음 얘기를 재촉했다.

"그런데 대가께서 갑자기 나를 보더니 코피를 흘리는 거예요. 그것도 양쪽 코에서……."

"쌍코피를요?"

소옥군은 기개세에 대해서 이야기해 달라는 독고비의 성화에 못 이겨서 그를 처음 만났던 날의 이야기를 하고 있는 중이었다.

남들이 들으면 배꼽을 잡고 웃을 일인데, 독고비는 진지하기 짝이 없는 표정이다.

“대소저께서 너무 아름다우셔서 천문주께서 충격을 받아 코피를 흘리셨군요. 하긴 이렇게 아름다우시니…….”

독고비는 소옥군과 같은 나이지만 그녀가 천문주의 정실 부인이나 다름이 없으니 ‘대소저’ 라고 깍듯하게 호칭을 하고, 나운상은 ‘이소저’, 소랑을 ‘삼소저’ 라고 부른다.

독고비의 말에 소옥군은 얼굴을 붉히면서 손사래를 쳤다.

“무슨 말이에요? 독고 소저가 나보다 훨씬 아름다운데…….”

“아유! 대소저가 월광이라면 저는 반딧불이에요. 비교할 것을 비교하셔야지요.”

“반딧불이 너무 밝아서 월광보다 더 빛나는군요.”

두 소녀가 서로를 칭찬하느라 설전을 벌이자 소랑이 갑자기 두 손으로 눈을 가리면서 뾰족한 비명을 질렀다.

“아앗!”

“랑아! 왜 그래?”

“삼소저! 무슨 일이에요?”

소옥군과 독고비는 놀라서 동시에 외쳤다.

소랑은 눈에서 손을 떼고 부신 듯 눈을 반개하며 엄살을 부렸다.

“두 개의 월광이 눈앞에 있으니까 소녀의 눈이 멀어버릴 것만 같아요.”

그녀의 익살에 소옥군과 독고비는 어이없다는 표정을 지

었다가 곧 맑은 소리로 웃음을 터뜨렸다.

한바탕 웃고 난 후 독고비는 소랑을 말끄러미 바라보면서 적이 감탄했다.

"삼소저는 정말 귀여워요. 예쁜 여자는 많지만 삼소저처럼 너무 귀여워서 깨물어주고 싶은 여자는 세상에 흔하지 않아요."

"독고 소저……."

독고비와 소옥군이 동시에 두 손으로 얼굴을 가리며 작게 비명을 질렀다.

"아아… 너무 귀여워서 눈이 부셔."

"어쩌면 좋아요. 삼소저의 눈부신 귀여움 때문에 눈이 멀어버릴 것 같아요."

독고비와 소옥군의 익살에 세 소녀는 또다시 배를 움켜잡고 웃음을 터뜨렸다.

패가수는 여자들의 맑은 웃음소리가 흘러나오고 있는 창을 뚫어지게 주시하고 있었다.

그는 여자들의 거처인 북두전 주변을 경호하고 있는 고수들에 대해서 이미 파악이 끝났다.

지붕에 다섯 명, 전각 입구에 네 명, 다섯 호흡 간격으로 전각 주위를 돌면서 순찰하고 있는 고수들이 사십 명, 도합 사십구 명이다.

그리고 여자들이 있는 창밖 움푹 들어간 벽에 한 명이 찰싹 붙어 서 있었는데, 그자는 다른 사십구 명보다 훨씬 고강하다는 것과 천문주의 여자들을 최측근에서 호위하고 있음을 알 수 있었다.

[주군.]

그때 패가수의 뒤에서 공손한 전음이 들렸다.

그는 뒤돌아보지 않고도 전음의 주인이 남궁산이라는 사실을 알았다.

자정이 되려면 아직 일각 정도 더 있어야 한다. 과연 남궁산은 패가수의 믿음을 저버리지 않았다.

[가까이 와라.]

패가수가 쳐다보지도 않고 명령하자 남궁산은 그의 말이 끝나기도 전에 옆으로 다가와 그림자처럼 섰다.

패가수는 여자들이 있는 방의 창을 주시하면서 침착한 어조로 전음을 보냈다.

[나는 전각 입구로 들어가겠다. 내가 저 방에 들어가는 것을 확인하는 즉시 너는 창으로 들어와라.]

[알겠습니다.]

[수하들은 어디에 있느냐?]

[낙성검가의 북쪽 하수로 속에 있습니다.]

패가수가 이끌고 온 백 명의 수하는 낙성검가 남쪽 하수로에 있었다. 그는 고개를 끄덕였다.

[창으로 잠입하기 전에 수하들에게 신호를 보내라.]

[명을 받듭니다.]

패가수는 자신이 알아낸 북두전의 경계에 대해서 남궁산에게 자세히 설명했다.

이어서 그는 처음으로 남궁산을 쳐다보았다. 남궁산은 그의 시선을 피하지 않았다.

[계집들을 납치하지 못하면 아무 소용이 없다. 죽이는 것은 최대 악수(惡手)다. 납치하지 못할 것 같으면 그대로 빠져나간다.]

남궁산의 눈초리가 미미하게 떨렸다. 패가수는 그것이 불복의 의미라는 것을 간파했다.

[계집들을 죽이면 천문주의 분노만 살 뿐이다. 그래서는 우리에게 득 될 게 없다.]

남궁산은 소옥군에게 앙심을 품고 있었다. 대정숙에서 그녀를 춘약으로 겁탈한 후에 그녀를 이용하여 기개세를 죽이려고 하다가 실패한 이후부터 쌓인 원한이다. 그렇기 때문에 기회만 닿으면 반드시 죽이고 싶은 것이다. 하지만 지금은 그것보다 임무가 더 막중하다.

그는 감정을 짓누르며 공손히 대답했다.

[알겠습니다.]

스으.

남궁산이 대답을 하기도 전에 패가수는 앞으로 두어 걸음 걸어나갔다.

아니, 걸어나간다고 여기는 순간 사라졌다. 하지만 남궁산의 눈에는 그가 똑똑히 보였다. 왜냐하면 같은 무공을 연마했기 때문이다.

무량육신공(無量六神功).

전설로만 이어져 내려오던 천축(天竺) 최고의 절학을 패가수가 수중에 넣은 것은 우연이면서도 기적이었다.

하나의 절학만으로도 능히 천지를 뒤집어엎을 만한 위력을 발휘한다는 신공 여섯 개가 집대성된 것이 바로 전설의 무량육신공이다.

패가수는 무량육신공을 손에 넣은 후에 그것을 완벽하게 대성한다면 천문주도 두렵지 않을 것이라고 확신했었다.

현재 패가수는 무량육신공 전체를 육성까지, 남궁산은 사성까지 연성한 상태다.

대부분의 무공이 그렇지만, 무량육신공은 한 단계의 차이가 너무도 극명하다.

패가수는 현재 무량육신공을 육성까지 익혔지만 칠성까지 익히게 되면 지금보다 두 배 더 고강해질 것이다. 팔성까지 연성하면 칠성 때보다 또 두 배 고강해진다. 그렇기 때문에 여타 무공들보다 훨씬 익히기가 어렵다.

세 여자가 있는 방의 창 앞으로 전각 양쪽에서 각기 두 명씩의 고수들이 마주 보면서 걸어오고 있었다.

왼쪽에서는 두 명의 뇌룡고수가, 오른쪽에서는 역시 두 명의 흑살고수가 서로를 향해 당당하게 걸어오면서 날카롭게 주위를 살펴보았다.

남궁산은 정원의 나무 옆에 마치 또 한 그루의 나무처럼 서서 창을 향해 쏘아가고 있는 패가수와 서로 마주 보면서 다가오고 있는 네 명의 고수를 쳐다보았다.

네 명의 고수는 일 장 거리로 가까워지고 있었다.

패가수는 그들의 한복판으로 쏘아가는데도 그들은 전혀 발견하지 못하고 있었다.

무량육신공 중에 오신공(五神功)에는 갖가지 개세적인 수법이 망라되어 있다.

지금 패가수가 전개하고 있는 미리유영행(迷離遊泳行)은 그 중의 하나다.

일종의 호신막을 자신의 몸 주위에 펼쳐 거울처럼 만들어서 주위의 경물을 호신막에 반사시켜 모습을 은폐시키는 신기한 수법이다. 하지만 일각 이상 펼치지 못한다는 단점을 갖고 있다.

스으…….

네 명이 막 스쳐 지나가자마자 패가수는 그들의 등 뒤쪽으로 추호의 기척도 없이 지나쳤다.

세 여자가 있는 방의 창 옆 움푹 들어간 벽 안쪽에 서 있는 한 명도 자신을 향해 똑바로 쏘아오는 패가수를 발견하지 못했다.

패가수는 아직 자신보다 하수인 남궁산을 위해서 벽 안쪽에 있는 자를 제거해 주려는 것이다.

패가수는 벽에 붙어 있는 자를 즉시 죽이지 않고 그의 머리 위 한 자 거리에 머리를 아래로 한 자세를 취하고 거꾸로 벽에 붙어 섰다.

그는 벽에 붙어 있는 자를 추호의 기척도 없이 그 자리에서 즉사시킬 수 있다.

하지만 방금 스쳐 지나간 네 명의 고수가 아직 멀어지지 않은 상태에서 일부러 무리를 할 필요는 없었다. 사람은 누구나 실수를 할 수도 있는 법이니까.

기개세가 천문으로 떠난 직후, 칠대명왕은 일곱 사람이 두 명씩 돌아가면서 소옥군 등 세 소녀를 최측근에서 은밀하게 호위하기로 작정하고 지금까지 하루도 빠짐없이 지키고 있었다.

오늘은 부옥령과 유석 차례다. 유석은 창밖 움푹 들어간 벽 틈에서, 부옥령은 방문 앞에서 지키고 있는 중이다.

유석은 실내에서 흘러나오는 세 소녀의 대화를 들으면서 빙그레 미소를 머금고 있었다.

그는 자신의 머리 위 한 자 거리에 패가수가 떠 있다는 사실을 추호도 모르고 있었다.

소옥군과 나운상, 소랑은 보면 볼수록 아름답고 사랑스러운 소녀들이다.

유석은 어째서 기개세가 그녀들 중에서 한 사람만을 선택하지 못하고 세 사람을 다 자신의 여자로 삼았는지 충분히 이해할 수 있을 것 같았다.

세 소녀에 대해서 조금만 알고 있는 남자들더러 한 여자를 고르라고 한다면, 깊게 생각하지도 않고 외모와 겉으로 드러난 성격만 보고 대부분 소옥군을 선택할 것이다.

나운상은 미모로는 소옥군과 견줄 만하지만 오만하고 냉정한 성격 때문에 선뜻 마음이 가지 않을 터이고, 소랑도 예쁘기는 하지만 너무 작고 어리며 독종 같은 면모가 있어서 고개를 가로저을 것이다.

하지만 그동안 유석이 지켜본 바에 의하면, 세 소녀는 나름대로의 독특한 매력이 있고 기개세를 사랑하는 마음이 우열을 가릴 수 없을 정도로 깊고 헌신적이었다.

그렇기 때문에 기개세는 세 소녀를 모두 자신의 여자로 선택했을 것이다.

문득 유석은 떠나간 지 일 년 반이 넘는 기개세가 무척이나 그리워졌다. 천문주로서가 아닌 아우 유영으로 말이다.

툭.

"……"

그 순간 유석은 갑자기 정수리 한복판, 즉 백회혈에 번갯불이 꽂히는 듯한 엄청난 충격을 받았다.

'사혈을 찍혔다…….'

그는 단지 그 생각만을 떠올린 채 얼굴 표정조차 변할 새도 없이 깊이를 알 수 없는 심연 속으로 꺼져들었다.

유석의 백회혈을 찍어서 즉사시킨 패가수는 그 즉시 벽을 타고 신형을 날려 전각의 입구 쪽으로 쏘아갔다.

그는 전각 입구를 통해서 당당하게 들어갈 계획이었다.

패가수는 미리유영행을 전개하여 북두전 입구를 간단하게 통과했다.

입구를 지키는 뇌룡고수와 흑살고수들은 추호의 기척도 감지하지 못했다.

대전을 통과한 패가수는 능숙하게 어느 복도로 접어들면서 미리유영행을 풀었다.

그의 전면 어느 방문 앞에 아름다운 한 청년이 서 있는 것이 보였다.

부옥령이다. 그는 방 안에서 들려오는 세 소녀의 대화에 웃음을 감추지 못하고 있었다.

그는 대전 쪽에서 이쪽으로 걸어오고 있는 낙성검수 한 사람을 발견했으나 별로 신경 쓰지 않았다.

고수들이 지키고 있는 전각 입구를 무사히 통과했다면 수상한 자가 아닐 것이기 때문이다. 아마 세 소녀에게 어떤 전갈을 갖고 왔을 것이다.

부옥령은 다가오고 있는 낙성검수보다는 방 안에서 흘러 나오는 재미있는 대화에 더 관심이 갔다.

패가수는 미리유영행을 전개해서 모습을 감춘 상태에서 부옥령을 해치울 수도 있었지만 그러지 않았다.

자신이 낙성검수의 옷을 입고 있는 터라서 구태여 그럴 필요가 없다고 생각했다.

미리유영행은 많은 공력을 필요로 하기 때문에 큰일을 앞두고 공력을 낭비하지 말아야 하기 때문이다.

패가수는 부옥령 앞을 지나칠 것처럼 똑바로 걸어갔다. 부옥령을 쳐다보지 않고 시선은 전방을 향하고 있다.

순간 부옥령은 동시에 두 가지를 감지하고 시선을 패가수에게 집중시켰다.

첫째, 자신이 지키고 있는 방을 지나면 아무것도 없다는 것. 즉, 낙성검수가 이 앞을 지나갈 이유가 없는 것이다.

둘째, 두 걸음 앞까지 다가온 낙성검수에게서 착각 같은 미미한 살기가 느껴졌다.

슝…….

이미 오른손에 쥐고 있었던 것처럼 빠르게 부옥령의 어깨에서 검이 뽑혔다.

그는 나부파의 적하검법을 중원에서 최고로 완벽하게 익힌 유일한 사람이다.

더구나 기개세에 의해서 생사현관이 소통되고 환골탈태와

벌모세수를 이루고 나서는 공력과 실력이 두 배 이상 급중하여 최고의 진가를 발휘하고 있는 중이다.

키잇!

그는 발검하자마자 그 기세를 이어 곧장 패가수의 목을 베어갔다.

패가수는 흠칫 가볍게 놀라 안색이 변했다. 자신이 발각됐다는 것 때문에 놀랐고, 상대의 공격이 너무도 빠른 것에 다시 한 번 놀랐다.

그가 제아무리 절정고수라고 해도 방심하고 있다가 당하는 급습에는 요령부득일 수밖에 없다.

호신막을 만드는 것도, 반격을 하기에도 이미 늦었다. 이런 상황에서는 혼신의 힘을 다해서 피하는 수밖에 없다.

무량육신공 중에서 삼신공은 금강불괴(金剛不壞)다. 그것을 완성하면 그 무엇으로도 그의 몸에 흠집조차 낼 수 없지만, 현재 그는 오성 수준에 머물러 있다.

그것은 외부에서의 웬만한 충격에는 견딜 수 있음을 뜻하는 것이다.

패가수는 앞뒤 가릴 것 없이 다급하게 상체를 오른쪽으로 기울였다.

파아—

그러나 늦고 말았다. 검이 패가수의 귓가를 스치면서 오른쪽 어깨를 벴다.

피하는 것은 성공했다. 적이 겨냥한 곳은 목인데 어깨만 베었으니 적은 실패했고 패가수는 성공한 것이다.

어깨는 두 치 깊이로 손가락 하나 길이 정도 베어졌다. 만약 오성의 금강불괴가 아니었으면 어깨의 불룩한 부위가 모조리 날아갔을 것이다.

슈우─

일검이 빗나가자 부옥령은 초식의 변화가 채 끝나기도 전에 검의 방향을 급격히 틀어서 패가수의 목을 다시 집요하게 베어갔다.

경탄할 정도의 솜씨다. 하지만 상대는 패가수다. 오늘 부옥령은 운이 다했다. 패가수는 같은 실수를 두 번 반복하지 않을 것이기 때문이다.

부옥령은 패가수의 오른손이 자신의 심장 반 자 앞으로 쇄도하고 있다는 사실조차도 발견하지 못했다.

패가수의 칼처럼 꼿꼿하게 세운 손은 부옥령의 심장에 닿지 않았다.

그래도 그를 죽이는 것은 충분하다. 패가수 정도의 절정고수라면 구태여 상대의 몸에 손을 대지 않고도 죽일 수 있는 방법이 수십 가지는 되기 때문이다.

그의 손끝에서 뿜어지고 있는 것은 투명한 강기다.

푹!

"……."

부옥령은 심장 어림이 화끈한 것을 느끼며 입을 쩍 벌렸다.
비명은커녕 신음조차도 흘리지 못했다.

뿌웅!

그 대신 애처로운, 그러나 힘찬 방귀를 내뿜었다. 기개세로
부터 '비신' 이라고 인정받은 그 방귀다.

패가수는 피가 흐르고 있는 왼쪽 어깨를 감싸면서 어이없
다는 표정을 지었다.

수많은 적을 죽여봤지만 죽어가면서 방귀를 뀌는 놈은 처
음 봤다.

그는 쓰러지는 부옥령을 잡아서 조심스럽게 바닥에 눕히
고 나서 천천히 방문을 열었다.

第九十七章
죽음은 아름답지 않다

찌르륵… 찌륵찌륵…….

정원에서 벌레 울음소리나 낮게 흘러나왔다.

어디에서나 흔하게 들리는 그 소리를 이상하게 여기는 사람은 아무도 없었다.

하지만 벌레 울음소리를 신호로 낙성검가의 북쪽과 남쪽 두 군데 하수로에서 이백 명의 고수가 쏟아져 나왔다.

그들은 이십 명씩 열 개 조로 흩어져 나가면서 마주치는 자들을 무차별 주살하기 시작했다.

“……!”

방으로 들어선 패가수는 가볍게 움찔했다.

그가 들어오기를 기다리고 있었다는 듯 정면과 좌우에서 세 소녀가 동시에 공격을 퍼부은 것이다.

콰우웃!

정면의 소옥군은 검으로, 왼쪽의 소랑은 그녀가 가장 자랑하는 요혈비를 쏘아냈고, 오른쪽의 독고비는 전력으로 쌍장을 발출했다.

사실 소옥군과 소랑은 방금 전에 갑자기 방문 밖에서 들려온 부옥령의 방귀 소리를 듣고 위급함을 감지한 것이다.

그녀들은 평소에 부옥령의 방귀 소리를 많이 들었는데, 방금 전 같은 부자연스럽고 쥐어짜는 듯한 방귀 소리는 한 번도 들은 적이 없었다.

그래서 부옥령이 무슨 일을 당했고, 자신들에게 위험이 닥친 것일지도 모른다고 순간적으로 판단했다. 그리고 그녀들의 판단은 정확했다.

예상하지 못했던 상황에 패가수는 적잖이 놀랐다. 방심하고 있다가 급습을 당해서 놀랐고, 세 소녀의 무위가 예상외로 고강한 것에 놀랐다.

세 소녀 중에서 독고비가 발출한 쌍장은 소림사의 절학인 대력금강장(大力金剛掌)이다.

패가수가 얼핏 보기에도 그것은 장풍이나 장력이 아닌 강기가 분명했다.

더구나 그 강기에는 최소한 오 갑자의 굉장한 공력이 실려 있는 듯했다.

패가수는 뭔가 일이 잘못되고 있는 듯한 불길함을 느꼈다.

천문주의 계집 따위가 이처럼 고강할 리가 없다.

그는 꼼짝도 하지 못하는 상황에 처하고 말았다. 급습을 당한데다가 세 소녀의 합공이 너무도 위력적이었기 때문이다.

이 정도라면 급습을 당하지 않았더라도 패가수를 곤란하게 만들기에 충분할 터이다.

그러나 두 손을 늘어뜨린 채 우두커니 서서 고스란히 당할 수는 없는 노릇이다.

그는 오성까지 익힌 금강불괴에 운을 맡기고 세 소녀 중에서 가장 고강한 독고비를 상대하기로 결정했다.

그는 소옥군과 소랑의 공격에서 최대한 몸을 보호하려고 상체를 비틀면서 독고비를 향해 쌍장을 뻗었다.

큐우웅!

연공할 때 수만 번도 더 전개했던 무량육신공상의 장법이므로 구결을 외우고 자시고 할 필요도 없이 쌍장만 뻗으면 즉시 발출된다.

단지 공력을 미처 끌어올릴 새가 없어서 칠성의 공력만 실린 것이 아쉬운 일이다.

꽈르릉!

엄청난 폭음이 터지는 순간 패가수는 양팔이 부러지는 듯한 충격을 받았다.

푹! 팍!

거의 같은 순간에 왼쪽 쇄골 바로 아래 어깨와 가슴 한복판이 화끈한 것을 느꼈다.

소랑의 요혈비와 소옥군의 검이 각각 어깨와 가슴에 꽂힌 것이다.

그나마 다행인 것은, 오성까지 연성한 금강불괴라서 손가락 두 마디 깊이로 가볍게 찔렸다.

"크으으……."

그는 독고비와 쌍장을 격돌한 여파로 묵직하게 뒤로 물러나 등이 벽에 둔탁하게 부딪쳤다.

독고비가 상체를 휘청거리면서 서너 걸음 뒤로 물러나는 것이 보였다.

그로 미루어 그녀는 패가수보다 기껏해야 반 수 정도 하수인 듯했다.

한 번의 격돌로 이미 결론은 났다. 이 계획은 무모하기 짝이 없는 짓이다.

남궁산이 가세를 한다고 해도 자신들 쪽이 약간 우세를 점하는 정도일 뿐이다. 그래 갖고는 천문주의 계집들을 납치한다는 것은 어불성설이다.

지금쯤 이백 명의 수하가 낙성검가 곳곳에서 한바탕 소동을 벌이고 있을 것이다.

패가수는 수하들을 순전히 소모품으로 데리고 왔다. 성동
격서(聲東擊西). 동쪽에서 소란을 피우는 사이에 서쪽을 친다
는 삼십육계의 수법을 차용한 것인데, 이렇게 되면 그것도 소
용이 없어진다.

"패가수!"

그때 패가수를 발견한 소랑이 놀란 얼굴로 외쳤다. 그녀는
패가수에게 제압되어 개봉성 정린장 뇌옥에 감금되어 죽는
것보다 더 가혹한 고문을 받은 적이 있기 때문에 그를 너무도
잘 알고 있었다.

패가수의 등이 벽에 닿는 순간, 소옥군과 소랑은 검과 요혈
비를 뽑으면서 재차 공격을 펼쳤고, 독고비는 입술을 깨물며
다시 전력으로 대력금강장을 뿜어냈다.

순간 패가수는 남궁산이 미리유영행을 전개하여 창을 통
해서 귀신처럼 스며드는 것을 발견했다.

그가 뭐라고 하기도 전에 남궁산은 발을 한 번도 바닥에 대
지 않은 채 오 장여의 실내를 가로질러 곧장 소옥군의 등을
향해 쇄도했다.

방금 전까지만 해도 이 계획이 무모하다고 생각했던 패가
수는 남궁산이 소옥군을 향해 접근해 가는 것을 보고 생각을
바꾸었다.

자신이 세 소녀의 공격을 한 번만 더 받아내면 그사이에 남
궁산이 소옥군을 납치할 수 있을 것이라는 욕심이 퍼뜩 생긴

것이다.

세 소녀의 두 번째 합공은 급습이 아니기 때문에 패가수로서는 처음보다는 좀 더 나은 상황에서 대처할 수가 있다는 것이 위안이었다.

패가수는 즉시 두 손바닥을 단전 높이에서 맞붙이고 무량대신공(無量大神功)을 전개했다.

무량육신공의 마지막 절초가 무량대신공이다. 그 절학이 출현했던 육백여 년 전에는 파멸겁(破滅劫)이라고도 불렸다. 일단 펼쳐지면 주위의 모든 것을 파멸의 구렁텅이로 몰아넣기 때문이다.

현재 패가수의 무량대신공은 칠성 수준이다. 그 정도면 세 소녀의 합공을 물리치고 운이 좋으면 낭패한 꼴을 만들 수도 있을 것이다.

고오오…….

갑자기 기이한 음향이 흐르면서 우뚝 서 있는 패가수의 모습이 신기루처럼 어른거리며 흐릿해졌다.

그 순간 세 소녀는 실내의 공기가 급속도로 팽창하는 듯한 이상한 느낌을 받았다.

또한 그녀들은 패가수의 밀착시킨 두 손바닥에서 번갯불의 파편 같은 것들이 번뜩이는 것을 발견했다.

그녀들은 바짝 긴장해서 남아 있는 모든 여력을 공격에 쏟아부었다.

그때 패가수는 두 손바닥을 떼면서 왼손을 소옥군과 소랑을 향해, 오른손을 독고비를 향해 세차게 뿌려냈다.

오옴—!

기음이 흐르면서 극도로 팽창했던 그 무엇인가가 폭발하는 것처럼 소옥군과 소랑, 그리고 독고비를 향해 무시무시하게 뿜어졌다.

그 순간 남궁산은 소옥군의 등 뒤 일 장까지 쇄도하고 있는 중이었다.

이제 손만 뻗어서 혈도를 제압하기만 하면 천문주의 정실부인은 남궁산의 수중에 떨어지는 것이다.

끼아악!

순간 허공에서 고막을 찢어발기는 괴성이 터졌다.

남궁산은 자신의 머리 위에서 터진 괴성에 움찔 놀라 재빨리 고개를 들었다.

그 순간 뭔가 번뜩이는 금빛이 자신을 향해 쏘아오는 것을 발견하고 반사적으로 번개같이 왼손을 들어 올리며 일장을 발출했다.

그러나 그의 일장은 발출되지 못했다.

팍!

"윽!"

가벼운 음향에 이어 그는 왼팔이 뜨끔한 느낌을 받았다. 아픔 같은 것이 아닌데도 그의 입에서는 묵직한 신음이 새어 나왔다.

그리고 그다음 순간에 그는 낯익은 팔 하나가 허공에 둥실 떠 있는 것을 발견했다.

"……!"

그는 본능적으로 자신의 왼팔을 쳐다보았다. 그 순간 그의 안색이 거멓게 변했다. 있어야 할 팔이 팔꿈치에서부터 뭉텅 떨어져 나간 것이다.

그는 바닥에 내려서면서 다급히 주위를 둘러보았으나 아무것도 발견하지 못했다.

단지 잘라져서 허공으로 떠올랐던 팔이 바닥으로 떨어지고 있을 뿐이다.

쩌러렁!

그 순간 세 소녀의 공격과 패가수의 반격이 충돌했다. 한겨울에 얼어붙은 깊은 강물 속에서 얼음이 쪼개지는 듯한 음향이 흘렀다.

"악!"

"앗!"

"크윽!"

다음 순간 답답한 세 마디 신음 소리가 흘러나왔다. 하나는 남자의 것이고, 두 개는 여자의 것이다.

독고비는 첫 번째 공격보다 더 강력한 대력금강장을 발출했는데도 두 팔과 가슴에 은은한 통증을 느끼면서 비틀거리며 뒤로 대여섯 걸음이나 물러났다.

소옥군과 소랑은 그저 검과 오혈비만 휘두른 것이 아니라 각자의 무기에 강력한 공력을 실었다.

만약 그러지 않았다면 방금 패가수와의 격돌에서 심각한 중상을 입었을 것이다.

소옥군은 검을 타고 전해지는 반탄력에, 소랑은 요혈비의 가느다란 강선으로 전해지는 반탄력에 팔이 부러지는 통증을 느끼면서 각각 검과 요혈비를 놓쳤다.

물론 검과 요혈비는 패가수의 몸을 찌르지 못하고 바닥에 떨어졌다.

비록 칠성 수준이지만 패가수의 무량대신공은 세 소녀의 합공을 이겨내고 그녀들을 격퇴시킬 만큼 가공한 위력을 지닌 것이다.

하지만 패가수도 무사하지 못했다. 그는 입에서 검붉은 핏덩이를 왈칵 쏟아내면서 뒤로 튕겨져서 벽에 거세게 등이 부딪쳤다.

독고비 때문이다. 그녀의 오 갑자에 달하는 공력이 패가수에게 충격을 가했다.

만약 독고비 혼자였거나, 소옥군과 소랑 둘만 상대했다면 패가수는 이처럼 낭패를 당하지 않았을 것이다.

뒤로 물러난 패가수의 시선이 가장 먼저 향한 곳은 소옥군 뒤쪽 바닥에 내려서 있는 남궁산이다.

아니, 콸콸 시뻘건 피를 쏟아내고 있는 남궁산의 뭉텅 잘라 진 왼팔 팔꿈치다.

남궁산은 팔이 잘라지는 순간 미리유영행이 풀려서 모습 을 드러낸 상태다.

패가수는 무엇이 남궁산의 팔을 잘랐는지 모른다. 하지만 독고비나 소옥군, 소랑이 아닌 것만은 분명하다.

그렇다면 실내에 세 소녀 말고 알 수 없는 또 다른 존재가 있다는 것이다.

패가수는 독고비 등의 세 번째 공격에 대비해야 하지만 시 선은 다급하게 실내 곳곳을 부유하고 있었다. 또 다른 존재를 찾기 위해서다.

순간 그는 허공에 흐릿한 금광이 번뜩이는 것을 착각인 것 처럼 발견했다. 그러나 발견했다고 느낀 순간 시야에서 사라 져 버렸다.

하지만 그는 금광을 본 것이 착각이 아니라고 생각했다. 너 무 빨라서 미처 육안으로 볼 수 없는 것이라는 생각이 들었 다. 그러나 사람이 아닌 것만은 분명했다. 또한 그것이 남궁 산의 팔을 자른 듯했다.

독고비와 소옥군, 소랑은 날뛰는 기혈을 억누르면서 패가 수를 보고 있느라 아직 남궁산의 존재를 모르고 있었다.

방금 전 패가수와의 두 번째 격돌 이후 채 한 호흡도 지나 지 않았다.

또한 그때의 충격이 가시지 않은 상태에서 패가수와 팽팽하게 대치하고 있는 상황이다.

남궁산은 왼팔에서 피를 흘리면서도 소옥군을 제압할 욕심으로 그녀에게 기척없이 다가서고 있었다.

"산! 머리 위다! 피해라!"

순간 패가수는 번뜩이는 금광이 아래를 향해 내리꽂히는 듯한 광경을 어렴풋이 발견하고는 급히 외치면서 독고비와 소옥군, 소랑을 향해서 다시 한 번 무량대신공을 거세게 발출했다.

그오옴!

세 소녀는 패가수가 누군가에게 외치는 바람에 찰나지간 혼란스러워졌다.

하지만 그가 외치는 것과 동시에 공격을 해오고 있었기 때문에 주위를 둘러볼 수 없는 상황이었다.

소옥군에게 막 손을 뻗고 있던 남궁산은 패가수의 외침을 듣는 순간 자빠질 것처럼 다급히 상체를 뒤로 눕혔다.

'머리 위'라는 패가수의 외침을 듣는 순간 반사적으로 행동한 것이다.

다음 순간 그는 한줄기 금광이 자신의 가슴 위로 번뜩이면서 스쳐 가는 것을 발견했다.

패가수가 소리치지 않았더라면, 그래서 피하지 못했으면 조금 전에 왼팔이 잘라진 것처럼 이번에는 가슴이 꿰뚫릴 뻔했다.

"산! 탈출하자!"

그때 패가수의 다급한 외침이 다시 들려왔다.

남궁산이 급히 쳐다보자 패가수는 세 소녀에게 공격을 퍼부으면서 옆으로 비스듬히 쏘아가고 있었다.

남궁산은 힐끗 소옥군의 뒷모습을 쳐다보았다. 그의 두 눈에 원한이 이글거렸다.

지금 그저 가볍게 일장만 가한다면 소옥군을 죽이는 것은 너무도 간단하다. 하지만 그것이 남궁산 자신과 패가수를 궁지로 몰아넣을 수도 있을 것이라는 생각에 간신히 살심을 억눌렀다.

그는 패가수가 도주하기 위해서 세 소녀에게 일장을 발출하고 있다는 사실을 깨닫고 패가수가 몸을 날리고 있는 방향으로 신형을 날렸다.

콰직! 퍽!

다음 순간 패가수와 남궁산은 연이어 벽을 뚫고 밖으로 사라졌다.

소옥군과 소랑, 독고비는 패가수의 일장을 마주치려고 잔뜩 긴장하고 있었으나 일장은커녕 패가수와 남궁산이 벽을 뚫고 사라지자 커다랗게 뚫어진 벽의 구멍을 보면서 어리둥절한 표정을 지었다.

"저기!"

그때 독고비가 가볍게 놀라며 바닥을 가리켰다.

소옥군과 소랑은 자신들의 뒤쪽 바닥에 하나의 팔이 떨어져 있는 것을 발견하고 안색이 변했다. 그것은 굵직한 남자의 팔뚝이었다.

그녀들은 그제야 실내에 패가수 외에 다른 침입자가 있었다는 사실을 깨달았다.

잘려진 팔이 떨어져 있는 위치로 보아 침입자는 소옥군 뒤로 접근하다가 팔이 잘린 듯했다.

소옥군은 누가 침입자의 팔을 잘랐는지 퍼뜩 생각해 내고 허공을 쳐다보았다.

"상비야."

그러자 금광이 어른거리더니 어느새 소옥군 앞 얼굴 높이에 상비가 날개를 활짝 펼친 채 정지비행을 하면서 낮게 울음을 흘렸다.

삐리릿… 쪼로롱!

예쁘고 귀엽기만 한 이 새가 침입자의 팔을 잘랐다는 사실이 쉽사리 믿어지지 않았다.

만약 상비가 아니었으면 침입자가 소옥군을 제압하거나 죽였을 것이고, 그럼 상황이 어떻게 변했을지 모른다.

소옥군은 미소 지으면서 상비를 팔에 앉히고 부드럽게 머리를 쓰다듬었다.

"고마워, 상비야."

삐리릿… 삐릿…….

상비는 소옥군의 어깨에 머리를 부비면서 낮게 울었다.

그때 활짝 열려 있는 문밖에서 누군가의 날카로운 외침이 들려왔다.

"옥령아!"

소옥군과 소랑, 독고비는 급히 문밖으로 달려나갔다. 조금 전에 문밖에서 부옥령의 심상치 않은 방귀 소리를 들었던 것이 그제야 생각났다.

"아…….".

소옥군과 소랑, 독고비의 안색이 해쓱하게 변했다.

문 옆 바닥에 부옥령이 가슴이 피투성이가 되어 쓰러져 있는 것을 발견한 것이다.

"옥령!"

"옥령 언니!"

소옥군과 소랑, 독고비는 비명을 지르면서 부옥령에게 달려들었다.

부옥령은 남자지만 여자들은 그를 여자로 여기고, 남자들은 남자로 여기면서 더할 수 없이 친하게 지냈었다.

"아직 죽지 않았어!"

부옥령을 제일 먼저 발견한 나운상이 그를 부둥켜안은 채 비명처럼 외쳤다.

여자들은 모두 숨을 멈추고 부옥령을 주시했다.

그는 아름다운 두 눈을 크게 뜨고 무슨 말을 하려고 입술을 달싹거렸으나 말이 되어 나오지 않았다.

나운상이 그의 입에 귀를 바짝 댔다.

"옥령, 말해봐."

부옥령은 혼신의 힘을 다해서 헐떡거렸다.

"나… 행… 복… 했… 어……."

그 말은 몹시 불분명한 발음이었으나 모두는 똑똑하게 알아들었다.

'행복했다'는 말에 네 명의 여자는 왈칵 눈물이 솟구쳤다.

"무슨 소리야! 옥령 너는 앞으로도 계속 행복할 거야!"

나운상이 고개를 들면서 꾸짖었다. 그러나 그녀는 부옥령을 보는 순간 온몸이 굳어버렸다.

부옥령은 눈을 감고 평화로운 모습으로 숨이 멎어 있었다. 얼굴에 가득 떠오른 것은 두려움이나 안타까움이 아니라 진정한 행복이었다.

"죽으면 안 돼, 옥령아!"

나운상이 찢어지는 듯한 비명을 지르며 울음을 터뜨렸다.

소옥군 등도 비통하게 흐느끼면서 부옥령의 몸을 붙잡고 흔들었다.

그때 방 안에서 날카로운 울부짖음이 터져 나왔다.

"아악! 석 오빠!"

그것은 필경 손진의 목소리였다. 그리고 방 안이 아니라 방

건너 창밖에서 들려왔다.

나운상과 소옥군 등은 소스라치게 놀라서 일제히 창으로 쏘아갔다.

그녀들이 발견한 광경은 창밖 바닥에 누워 있는 유석과 그녀를 부둥켜안고 울부짖는 손진이다.

소옥군과 나운상 등은 망연자실했다. 갑자기 몰아닥친 부옥령과 유석의 죽음 앞에서 그녀들은 속수무책으로 눈물을 흘리며 서 있을 뿐이었다.

"아앗! 오라버니!"

오대명왕이 속속 도착했다. 그중에서 유정이 거의 실성한 듯이 달려오며 비명을 질렀다.

낙성검가 곳곳에서 무기끼리 부딪치는 소리와 비명 소리가 어지럽게 들려오고 있었다.

"어떻게 된 일이오?"

진운상이 그래도 충격이 덜한 독고비를 보고 급히 물었다.

독고비는 소랑을 힐끗 보고 나서 착잡한 얼굴로 대답했다.

"패가수라는 자가 습격을 했다가 도주했어요."

소랑이 아까 패가수를 보고 외치는 소리를 들었던 것이다.

일전에 개봉성 정린장을 급습했을 때 오대세가 중에 사대세가 사람들이 천검신문에 굴복을 했었다. 그때 그들이 '패가수'라는 이름을 말해주었었다.

"패가수가 여기까지……."

이번에는 독고비가 비명 소리가 들려오는 쪽을 쳐다보면서 물었다.

"무슨 일이죠?"

"울고수들이 장원 내 곳곳에서 소란을 피우고 있소. 하지만 일각 내로 진압될 것이오."

총명한 독고비는 그 말을 듣고 패가수가 이곳에 잠입한 목적을 간파해 냈다.

"그놈의 목적은 세 분 소저의 납치였던 것 같군요."

진운상은 유석 주변에 앉아서 울고 있는 소옥군과 나운상, 소랑을 굽어보았다. 그녀들이 무사한 것은 정말 천만다행한 일이었다.

만약 그녀들이 납치됐다면 기개세를 무슨 면목으로 대할 것이며, 그로 인해서 장차 큰 희생을 치르게 되었을 것이다.

"유 가가는 죽지 않았어요."

혹시나 해서 유석의 맥을 짚어보던 소옥군이 갑자기 밝은 얼굴로 말했다.

그 말에 모두들 한줄기 기대 어린 표정을 지었다. 누구보다 기뻐하는 사람은 손진이다. 이즈음의 그녀와 유석은 서로 깊이 사랑하는 사이가 되어 있었다.

"소녀가 볼게요."

의술에 조예가 깊은 독고비가 유석의 맥을 짚었다.

그녀는 진지한 표정으로 한동안 지그시 눈을 감고 있었다.

손진과 사람들은 초조한 얼굴로 독고비를 지켜보았다.

이윽고 독고비는 유석의 맥을 놓고 나서 어두운 얼굴로 입을 열었다.

"맥이 미약하게 뛰고 있어요."

사람들은 그녀의 다음 말을 기다렸으나 그녀는 그것으로 입을 다물고 일어섰다.

참다 못해서 손진이 물었다.

"그래서요?"

독고비는 잠시 망설이는 듯하다가 대답했다.

"그것뿐이에요. 죽은 것이나 다름이 없어요."

손진과 유정의 얼굴이 하얗게 질리는 것을 보면서 독고비는 어차피 해야 할 말을 이었다.

"정신도 몸도 모두 기능이 멎었어요. 단지 맥만 아주 희미하게 남아 있을 뿐이에요. 하지만 며칠 지나지 않아서 그것도 끊어질 거예요."

사람들은 그녀가 냉정하다고 생각했다. 하지만 곧 그렇게밖에는 말할 수 없다는 것을 이해했다.

죽음이란 것은 아무리 아름답게 표현하려고 해도 결국 냉엄한 것일 수밖에 없는 것이다.

패가수와 남궁산이 이끌고 왔던 이백 명의 울제국 고수들, 즉 울고수들은 모조리 섬멸되었다.

단 한 명도 도주하지 않았고 도주하려고 시도조차 하지 않은 채 필사적으로 저항하다가 모두 죽었다.

그들은 죽는 순간까지도 패가수와 남궁산이 도주했다는 사실을 알지 못했다.

천검총군주 도기운은 패가수가 아직 낙양성을 빠져나가지 못했을 것이라 판단하고 성내 전역을 이 잡듯이 수색하라고 지시했다.

또한 만약을 대비해서 성 바깥에도 겹겹이 포위지망을 구축하도록 했다.

사무영대는 패가수 등이 어떤 경로로 낙양성과 낙성검가에 잠입했을지를 면밀히 조사한 끝에 그들이 수로와 하수로를 이용했을 것이라는 최종 결론을 내렸다.

그때부터 성내 수로에 대한 대대적인 수색이 시작됐다.

*   *   *

낙양성에서 서북쪽으로 백오십여 리 거리에 위치한 황하 상류 산서성의 항곡현.

누렇게 유유히 흐르는 황하가 한눈에 내려다보이는 어느 언덕 위에 한 채의 아담한 장원이 위치해 있다.

예전에는 고검장(孤劍莊)이라는 정파의 소문파였으나 지금은 울제국 토벌총군 제이군주 마조가 징발하여 임시 진영으로 삼고 있다.

마조는 패가수가 하북성을 출발한 지 반나절 뒤에 그의 뒤를 따라 이곳 항곡현에 도착했다.

패가수는 만약 낙양성 내 낙성검가에서 불길이 오르면 총공격을 하라고 명령했었다.

그래서 마조는 대규모 고수들을 이끌고 이곳에 와서 만반의 준비를 갖춘 채 대기하고 있었다.

하지만 낙성검가에서는 불길이 피어오르지 않았다. 낙성검가가 불타고 있다면 낙양성 내에 있는 첩자가 즉시 보고를 했을 것이다.

그런데 어찌 된 일인지 패가수도 남궁산도 이틀이 지나도록 돌아오지 않고 있었다.

마조는 고검장 앞 낭떠러지 끝에서 저 아래 흐르고 있는 황하를 묵묵히 굽어보다가 고개를 들고 황하가 흘러가고 있는 동남쪽 하류를 쳐다보았다.

이곳에서 낙양성은 보이지 않지만 전력으로 달리면 한 시진 안에 도착할 수 있을 정도로 가까운 곳이다.

하북성 접경 지역에서 낙양성까지는 천오백여 리지만 이곳에서는 불과 백오십여 리다. 그래서 마조가 전 세력을 이끌고 이곳으로 온 것이다.

하남성 북쪽 산악 지역으로만 이동했고 울고수들은 지금도 깊은 산속에 은둔해 있다.

"어떻게 한다……."

마조는 서성거리면서 벌써 똑같은 말을 열 번도 넘게 중얼거리고 있는 중이었다.

낙성검가에서 불길도 치솟지 않고, 패가수도 돌아오지 않는다는 것은 계획이 실패했다는 뜻이다.

그리고 패가수가 곤란한 상황에 처했다는 뜻이기도 하다. 그게 아니라면 벌써 돌아왔을 것이다.

어쩌면 패가수는 지금 도움의 손길을 간절히 바라고 있는지도 모른다.

마조가 지금 고민하고 있는 것은 패가수를 구하러 가느냐 마느냐는 것이다.

만약 구하러 간다면 몇백 명의 수하로는 턱도 없을 것이다. 패가수와 남궁산이 이백 명의 수하를 이끌고 갔다가 실패하지 않았는가.

보고에 의하면 하남성 전체 중원 세력은 칠만 정도이고, 낙양성에 삼만이라고 했다.

천검신문 이하 천불지도와 정사마의 연합 세력이 꼼짝도 하지 않고 웅크리고 있는 이유는 천문으로 떠난 천문주가 태문주가 되어 돌아오기만을 기다리는 것이라고 했다.

만약 태문주가 천문을 이끌고 돌아오면 울제국은 절대 방심하지 못한다.

울제국이 만반의 준비를 갖추고 있다지만, 과거 세 차례의 침공에서 모두 천검신문에 패퇴한 쓰라린 아픔을 갖고 있다.

그 말은 곧 삼황사벌은 천검신문에게 한 번도 이겨본 적이 없다는 뜻이다.

"어떻게 한다……."

마조는 다시 한 번 중얼거렸다.

토벌총군주인 패가수와 제일군주인 남궁산이 없는 지금 최고 명령권자는 마조다.

第九十八章
두뇌 싸움

대사부

"오만 명의 고수?"

도기운의 반백 눈썹이 꿈틀 꺾였다. 그는 방금 천라대주인 나신효로부터 낙양성에서 백오십여 리 떨어진 산서성과의 접경 지역 산속에 울제국의 고수 오만여 명이 은둔해 있다는 보고를 받았다.

마조는 자신들이 이동한 사실을 아무도 모를 것이라고 확신했지만 그것은 나신효가 지휘하는 천라대의 능력을 모르고 하는 소리다.

천검신문은 천라대의 활약 덕분에 낙양성에 있으면서도 중원천하의 정세에 대해서 손바닥의 손금을 보듯이 자세하게 파악하고 있었다.

울고수들이 은둔해 있는 곳은 산서성이다. 하지만 낙양성으로부터 불과 백오십여 리밖에 떨어져 있지 않은 곳을 천라대가 적의 점령 지역이라는 이유로 방치하고 있었겠는가.

실내에는 도기운이 단상의 태사의에 앉아 있고, 단하에는 천검오군의 군주들과 오대명왕, 사무영대의 대주들이 서로 마주 보고 앉아 있다.

그리고 뚝 떨어진 곳 상석에 불도주 독고비가 따로 앉아 있으며, 그 아래쪽에 구대문파의 장문인들, 천불지도의 천불십팔숙, 옥마제, 혈마제, 적마제를 비롯한 마도삼세의 우두머리들, 즉 삼세좌가 마주 본 자세로 앉아 있다.

처음에는 이런 식의 자리 배치로 인해서 마도 사람들의 불만이 많았었다.

천불지도의 불도주인 독고비가 상석에 앉는 것은 이해하지만, 어째서 구대문파 장문인들과 천불십팔숙보다 말석에 자신들이 앉아야 하느냐는 것이었다.

하지만 그런 불만은 독고비로 인해서 터져 나올 때보다 더 빨리 사라져 버렸다.

"당신들 여섯 명이 내 십 초식을 받아내면 상석을 양보하겠어요."

회의 석상에서 자신이 천검신문의 자리에 끼지 못했다는 사실 때문에 조금 자존심이 상했던 독고비의 그 말에 마도의 우두머리 여섯 명은 우거지상이 되고 말았다.

그들로서는 그런 무시를, 그것도 귀때기가 새파란 어린 여자에게 듣게 된 것이 자존심에 큰 구멍이 난 것이다.

그러나 결과는 너무도 간단하고 또 비참하게 끝났다.

독고비는 단 육 초식만으로 마도 우두머리 여섯 명을 제압해 버린 것이다.

한 명에 일 초식씩, 약속한 십 초식까지는 사 초식이나 남은 상태였다.

그날 이후 마도인들은 찍소리 하지 않고 일 년 반 동안 꾸준히 말석을 지키고 있는 것이다.

나신효의 보고에 좌중은 얼음물을 끼얹은 것처럼 적막 속에 빠져들었다.

모두들 크게 놀란 중에도 머릿속으로는 지금의 상황을 빠르게 분석하고 있었다.

일각 정도의 시간이 흘렀다. 도기운은 모두들 충분히 생각할 수 있도록 배려를 했다.

평소에 깊은 생각보다는 감각적인 본능을 더 신뢰하는 마도오세의 십마부 부주 태마존이 단상의 도기운을 쳐다보며 듣기 거북한 쇳소리 목소리로 입을 열었다.

"총군주, 낙양성에서 불과 백오십여 리에 오만 명의 울고

수들이 진을 치고 있다면 곧 낙양성을 치겠다는 뜻이 아니겠
습니까?"

　그 정도는 좌중의 어느 누구라도 생각할 수 있는 일이다.
태마존을 제외한 모든 사람들이 고민하고 있는 문제는 만약
그들이 공격을 해오면 이쪽에선 어떻게 대처를 해야 하느냐
는 것이었다.

　자신의 말에 아무도 반응을 보이지 않자 태마존은 뭔가 말
하려다가 옥마제가 가만히 있으라는 눈짓을 보내자 입을 다
물었다.

　"패가수와 함께 낙성검가에 잠입했다가 왼팔이 잘린 채 도
주한 자는 남궁산인 것 같습니다."

　그때 진운상이 나직하면서도 굵직한 목소리로 입을 열었
다.

　이즈음 서장 최초로 통일국가를 이룬 북신벌의 가계(家系)
에 대해서는 자세히 알려져 있는 상황이었다.

　그래서 패가수가 북신벌이 세운 울황국의 이왕자이며, 현
재 토벌총군주의 지위를 맡고 있다는 사실을 이쪽에서는 잘
알고 있었다.

　그뿐 아니라 남궁산이 패가수의 총애를 받아 토벌총군의
제일군주라는 사실도 알려져 있었다.

　진운상이 뜬금없이 남궁산을 거론한 데에는 이유가 있을
것이라고 다들 생각했다.

"패가수와 남궁산은 토벌총군의 총군주와 제일군주입니다. 그들이 아직 낙양성을 빠져나가지 못한 것이 분명하다면, 명령권자가 없으므로 울고수 오만이 낙양성을 공격하는 일은 없을 것 같습니다."

진운상의 말에 여기저기에서 고개를 끄덕였다. 그의 말인 즉, 최고 명령권자가 없는데 오만이나 되는 고수들이 어찌 멋대로 공격을 하겠느냐는 것이다.

천전군주 나궁조가 진중하게 말을 이었다.

"현재 낙양성 안팎에 주둔해 있는 우리 쪽 세력은 도합 만 오천입니다. 울고수 오만은 엄선된 정예고수들이므로 공격해 온다면 불리합니다."

말은 '불리하다' 고 했으나 사실은 고전을 면치 못할 것이라는 뜻이다.

원래 하남성 전역의 중원 세력은 사만이고, 그중에 낙양성에는 만 오천 명이 있다.

그것을 천라대가 교묘하게 헛소문을 퍼뜨려서 하남성 전역에 칠만, 낙양성에 삼만이라고 부풀렸다. 울제국 쪽에서는 필경 그렇게 알고 있을 것이다.

그러므로 울고수 오만이 공격해 오면 낙양성의 일만 오천 고수로서는 버텨내기 어려울 것이다.

담무혁이 무거운 얼굴로 입을 열었다.

"그렇다면 무슨 일이 있어도 패가수를 잡거나 죽여야 한다는 말이로군."

패가수가 살아서 돌아가면 공격을 명령하게 될 것이라는
뜻이다.

"그렇지 않아요."

그때 나운상이 심각한 표정으로 반론을 제기하자 모두들
그녀를 주시했다.

나운상은 도기운과 나궁조를 번갈아 쳐다보면서 말했다.

"우리의 경우에는 천문주께서 부재중이시기 때문에 총군
주께서 최고 명령권자가 되셨습니다. 만약 총군주께 무슨 일
이 생긴다면 천전군주께서 최고 명령권자가 되실 거예요."

중인은 그녀가 무슨 말을 하려는 것인지 짐작하는 듯했다.

"적의 경우에 패가수와 남궁산이 없다면 제이군주가 최고
명령권자가 될 거예요. 그 말은 공격 명령은 그에게 달렸다는
것이죠."

나운상은 천천히 중인을 둘러보았다.

"여러분께서 이런 상황에 적의 제이군주라면 어떤 결정을
내리시겠어요?"

좌중이 다시 얼음물을 뿌린 것처럼 고요해졌다.

역지사지(易地思之). 입장을 바꿔놓고 생각하면 모두들 패
가수를 구하겠다는 명분을 앞세워서 낙양성을 공격하겠다는
생각을 하고 있었다.

이것은 심리전이다. 적이 어떻게 나올 것인가를 미리 예측

하여 한발 먼저 그것에 대처한다면, 국면을 유리한 쪽으로 이끌 수가 있을 것이다.

그때 옥마제가 중얼거리듯이 말했다.

"어쩌면 지금 이 순간에 울고수들이 공격해 오고 있을지도 모르는 일이로군."

그 말에 좌중에는 팽팽한 긴장감이 감돌았다. 만약 그렇다면 대처 방법이고 뭐고 없는 상황이다. 최대한 급습에 대비하여 싸우는 수밖에는 없다.

그때 나운상이 긴장감을 깨뜨렸다.

"지금 같은 상황이라면 패가수는 공격하지 않을 거예요. 그럴 생각이었으면 잠입 같은 것은 하지 않고 처음부터 공격을 했겠죠."

중인의 뇌는 물에 젖은 빨래를 한겨울 밤새도록 바깥에 널어둔 것처럼 꽁꽁 얼었다.

"패가수는 자신의 오만 고수로 하남성의 칠만이나 낙양성의 삼만을 격패시킬 수 없다고 판단한 것 같아요. 우리 쪽 실력을 높게 평가했기 때문이겠죠. 그자는 함께 몰살하는 동귀어진보다는 완벽한 승리를 원하는 것 같군요."

그녀의 부친 나궁조가 물었다.

"그렇다면 네 말은 수색을 중단해서 일부러 패가수를 놓아주자는 것이냐?"

나운상은 가볍게 고개를 끄덕였다.

"그것도 하나의 방법이겠죠."

그것은 변칙이다. 하지만 고단수의 전술(戰術)인 것만은 분명하다.

모두들 나운상의 의견에 동조하는 듯한 표정이다. 마조라는 섣부른 아이가 저지르려고 하는 위험한 불장난을 일단 제지하자는 것이다.

그것은 패가수가 탈출에 성공하면 낙양성을 공격하지 않을 것이라는 전제가 따른다.

하지만 다 잡은 호랑이를 도로 놔줘야 한다는 위험한 도박이기도 하다.

그런데 지금으로선 그 방법밖에 없는 듯이 보인다. 쏟아지는 소나기는 피해 가자는 것이다.

"한 가지 방법이 있기는 해요."

그때 줄곧 침묵을 지키면서 골똘히 생각에 잠겨 있던 독고비가 처음으로 입술을 뗐다.

그녀는 회의 때 거의 말을 하지 않으며, 일단 말을 꺼내면 큰 파장을 일으키는 것으로 유명했다.

지금 같은 상황에서 과연 그녀가 또다시 어떤 충격적인 의견을 내놓을 것인지 중인은 자못 긴장하는 표정으로 그녀를 주시했다.

하지만 지금으로선 나운상이 말한 것 이상의 방법은 없을 듯했다.

독고비는 말을 할 때 사람들을 둘러보지도 않고 반응을 살피지도 않는다. 말하자면 독선적이고 자신의 결정을 자신하는 성격이다.

"역습입니다."

그녀의 짧은 말은 과연 이번에도 엄청난 충격파를 지니고 있었다.

중인은 놀라고도 어이없다는 표정으로 '제정신이냐'는 듯 그녀를 쳐다보았다.

언제나 그랬듯이 독고비는 추호의 흔들림도 없이 당당하게 자신의 생각을 말했다.

"허(虛)를 찌르는 것입니다."

천불지도 사람들은 물론이고 대부분의 사람들이 어이없다는 표정을 지었다.

그러나 독고비는 물러서지 않았다. 그녀는 도기운을 바라보며 딱 부러지게 말했다.

"놈들이 아직 산중에 머물러 있을 때 급습을 한다면 승산이 있습니다."

그 말뜻을 사람들은 깨닫지 못했다, 한 사람 혈마제 춘몽을 제외하고는.

"화공(火攻)을 하자는 것이로군요?"

요염한 목소리가 실내를 자늑자늑 울렸다.

독고비는 말석의 춘몽을 쳐다보며 고개를 끄덕였다.

"그래요."

"지금은 늦가을이므로 산중은 바싹 마른 낙엽과 나무가 뒤덮여 있을 거예요. 더구나 놈들이 숨어 있는 신성산과 왕실산은 울창한 곳이니 화공은 제대로 먹히겠군요."

독고비는 시선을 도기운에게 옮겼다.

"산 전체가 불길에 휩싸이면 놈들은 산을 벗어나려고 산지사방으로 도망칠 거예요. 그때 우리는 산 가장자리에 매복해 있다가 도망쳐 나오는 족족 주살하는 거예요."

"호오… 기발한 생각이군!"

"멋진 방법이오!"

방금 전까지만 해도 독고비의 역습 계획을 어불성설이라고 생각했던 사람들은 찬탄을 금치 못했다.

독고비는 자신이 어째서 천불지도의 불도주로 선택되었는지를 유감없이 보여주고 있었다.

*   *   *

낙양성 내 서민들이 모여 사는 지역에 울제국의 첩자가 살고 있는 집이 있다. 패가수와 남궁산은 그곳에 피신해 있는 중이었다.

천검신문 고수들이 수로를 이 잡듯이 뒤지고 있기 때문에 낙양성을 탈출하는 것은 엄두도 내지 못했을 뿐만 아니라 여차하면 발각될 위기에 놓였던 패가수와 남궁산이었다.

만약 극적으로 첩자를 만나지 못했다면 지금쯤 어떻게 됐을지 장담할 수 없을 것이다.

도망자가 낯선 곳에서 헤매게 될 경우에는 온갖 위험에 노출되지만, 한 명의 조력자라도 있으면 상황이 극적으로 달라지는 법이다.

최소한 패가수는 천검신문의 삼엄한 수색을 피해서 도망을 다니느라 전전긍긍하지 않아도 됐고, 팔을 잃은 남궁산을 치료할 수 있게 되었다. 게다가 첩자로부터 낙양성 내의 상황을 수시로 보고를 받는다.

그것은 절망적인 상황에서 누릴 수 있는 작은 안식이라고도 할 수 있었다.

패가수가 미리유영행을 전개하여 모습을 감춘 상태로 낙양성 탈출을 시도할 수도 있으나, 미리유영행을 전개할 수 있는 최대 시간이 일각이므로 무슨 일이 있어도 그 안에 탈출을 해야만 한다.

그런데 낙양성 밖에도 포위망이 겹겹이 쳐져 있어서 탈출을 감행할 경우 성패의 확률은 반반이라고 할 수 있었다.

그런 점도 있고, 또 부상을 입은 남궁산을 두고 갈 수가 없어서 패가수는 탈출을 시도하지 못했었다.

지금 그는 두 가지를 고심하고 있었다. 하나는 남궁산을 두고 탈출을 하느냐 마느냐는 것이고, 둘째는 혹시 마조가 경솔하게 낙양성을 공격할지도 모른다는 것이다.

남궁산은 일단 부상을 치료했고 첩자의 은신처에 있으므로 두고 간다고 해도 크게 잘못될 일은 없을 터이다.

그는 부상당한 몸으로 미리유영행을 전개할 수 없으며, 다치지 않은 상태에서도 전개 가능한 시간이 반 각에 불과하기 때문에 잠입할 때처럼 수로가 아니라면 애당초 탈출은 불가능한 일이다.

패가수가 알고 있는 마조는 치밀하지 못하고 다소 경솔한 면이 있다.

지금 같은 상황의 마조라면 ‘총군주를 구한다’는 명분으로 충분히 낙양성을 공격할 만한 놈이다.

그래서 만약 낙양성을 함락시키면 순전히 자신의 공으로 돌릴 테고, 실패한다면 ‘총군주를 구하려고’라는 명분론을 들고 나와서 책임을 모면하려 들 것이 분명하다.

패가수는 낙양성에 천검신문 휘하로 주둔해 있는 세력이 총 삼만이라고 알고 있었다.

울고수 오만과 천검신문 삼만의 싸움이라면 우열을 가리지 못하고 팽팽할 것이다.

설혹 울고수 쪽이 약간 우세하다고 해도 패가수라면 낙양성을 공격하지 않는다.

낙양성 밖, 그러니까 하남성에 아직 사만의 고수들이 남아 있기 때문이다.

낙양성의 싸움은 아무리 빨리 끝난다고 해도 며칠은 소요될 것이 분명하다.

그 상황에서 하남성 전역에 흩어져 있는 천검신문의 지원군이 속속 낙양성에 도착한다면 울고수들이 성내에 갇힌 채 지리멸렬하는 것은 불을 보듯 뻔한 사실이다.

최선은 마조가 낙양성을 공격하지 않는 것이고, 차선(次善)은 패가수가 낙양성을 탈출하여 마조를 제지하고 다음 대책을 세우는 것이다.

슥.

패가수는 침상에 누워 있는 남궁산을 쳐다보았다.

남궁산은 창백한 얼굴로 깊은 잠에 빠져 있는 모습이다.

그는 왼팔이 잘린 후 피를 너무 많이 흘렸으며, 낙성검가를 탈출한 이후 오랫동안 수로의 차가운 물속에 숨어 있었던 탓에 기력과 체력이 극도로 쇠약해진 상태다.

그러므로 지금 남궁산과 함께 움직이는 것은 화약을 등에 지고 불 속으로 뛰어드는 것처럼 무모한 짓이다.

패가수는 한동안 물끄러미 남궁산을 응시했다. 그는 원래 고독한 사람이었다.

삼황사벌의 일통과 중원정벌에 거의 미쳐 있다시피 한 부친과 후계자 다툼에서 한 치의 양보도 없이 밀어붙이는 하나뿐인 형 사이에서 그가 얻은 것은 지독한 고독과 환멸뿐이었다.

천성이 다정다감한 그는 애당초 삼황사벌의 일통이나 중원정벌 같은 것에는 그다지 흥미가 없었다.

하지만 부친과 형의 병적일 정도로 완고한 정벌욕을 뿌리치고 자신의 인생을 찾아 나설 만큼의 용기도 없었다.

그가 이날까지 해온 유일한 일이라곤, 부친과 형의 정벌욕과 패가수 자신이 갈망하는 자유로운 인생 사이에 걸쳐진 외줄 위에서 위태롭게 곡예를 해온 것뿐이었다.

그즈음 그에게 나타난 사람이 바로 남궁산이었고, 외로움과 소외감에 몸부림치던 그와 일 년 반 동안 동고동락을 하면서 친형제 같은 정이 싹텄었다.

이제 패가수에게 남궁산은 없어서는 안 될 소중한 존재가 되었다.

그를 버리고 간다는 것은 몸의 일부를 떼어두고 가는 것이나 진배가 없다.

"……!"

그때 패가수는 청각을 곤두세웠다. 집에 누군가 들어오는 인기척을 느낀 것이다.

그러나 그는 곧 그 기척이 첩자의 것이라는 사실을 깨닫고 경계를 늦추었다.

[대공, 속하 곤(坤)입니다.]

조부 때부터 낙양성에서 첩자 노릇을 해온 곤은 마루 위에서 조심스럽게 전음으로 패가수의 예전 호칭을 불렀다.

[들어오너라.]

패가수의 대답에 곤은 마루에 깔아놓은 두꺼운 모포를 걷고 마루의 틈새에 손가락을 찔러 넣어 들어 올렸다.

기익…….

방금까지 마루의 바닥이었던 폭 두 자 남짓의 나무문이 위로 들어 올려지고 그 아래로 빛이 쏟아져 들어갔다.

마루 아래는 아담한 공간인데 한쪽에는 남궁산이 누워 있는 침상이 있고, 그 옆 바닥에 패가수가 앉아서 곤을 올려다보고 있다.

패가수는 원래 집 안에 머물렀었는데 천검신문 고수들이 불시에 몇 차례나 들이닥친 후로는 마루 아래 은밀한 곳으로 거처를 옮겼다.

[대공, 낙양성에 주둔해 있는 천검신문 고수들이 대거 성을 빠져나가고 있습니다.]

곤의 보고에 패가수는 순간적으로 뇌리를 스치는 생각이 있어서 움찔했다.

[그들은 전원 서북쪽과 북쪽 두 방향으로 향하고 있으며, 대략 만 명 정도로 추산됩니다.]

곤은 비교적 정확하게 적의 동향을 알아왔다. 그는 처음부터 줄곧 전음으로만 말하고 있었다. 집 안의 마루 아래라고 해도 극도로 조심하고 있는 것이다.

패가수의 표정이 초조하게 변했다. 천검신문 고수들이 무엇 때문에 낙양성을 대거 빠져나가는 것인지 짐작할 수 있었기 때문이다.

마조가 울고수 오만을 이끌고 와서 산중에 은둔시켰을 것이다. 그것은 패가수가 그렇게 하라고 지시를 한 것이다.

'일만이 오만을 치러 간다는 것인가?'

말이 안 된다. 아무리 천검신문과 천불지도 고수들이 고강하다고 해도 일만으로 오만의 울고수와 싸우려 드는 것은 자살행위다.

'뭔가 꿍꿍이가 있다.'

패가수의 얼굴이 몹시 심각해졌다. 그런데 아무리 생각해봐도 도대체 일만으로 오만을 공격하려는 의도를 짐작조차도 할 수가 없다.

'수하들은 산중에 있다. 산중이라는 지형적 여건이 천검신문에게 유리하다는 것인가?'

속으로 중얼거리면서 그는 고개를 가로저었다.

'천검신문이 되지도 않는 싸움을 하러 갈 리는 없다. 아무리 급습을 한다고 해도 일만으로 오만을 상대하는 것은 절대 무리다.'

그때 의문이 생겼다.

'낙양성에 주둔하고 있는 천검신문 고수는 총 삼만인데 어째서 고작 일만으로 오만을 치러 가는 것인가?'

당연한 의문이다. 울고수를 아무리 오합지졸로 여긴다고

해도 일만은 지나치게 적은 수다.

삼만 중에 낙양성을 지키기 위해서 오천 명 정도를 남겨두고 이만 오천이 출병을 해야 이치에 맞는 일이다.

'어쩌면 낙양성에 있는 천검신문 휘하가 삼만이 아닐지도 모른다. 만약 수가 부풀려졌다면?

거기까지 생각한 패가수는 곤에게 전음으로 물었다.

[낙양성의 천검신문 휘하가 삼만이고 하남성 전체로는 칠만이라는 사실을 어떻게 알아냈었느냐?]

곤의 원래 이름은 초양곤(楚楊坤)이다. 초씨 집안은 대대로 낙양성에 살았기 때문에 첩자라는 의심을 받지 않았다.

예전 낙양성에는 오십여 명의 울제국 첩자들이 활동을 하고 있었는데 모두 잡혀서 죽었고 초양곤만 남았다.

초양곤, 즉 곤은 아내와 두 명의 어린 자식이 있으나 아내조차도 그가 첩자인지 모른다.

또한 마루 밑바닥에 패가수가 숨어 있다는 사실조차도 모르고 있다.

[속하는 성내의 여러 방, 문파 고수들하고 친분이 있는데 웬만한 정보들은 그들로부터 얻어냅니다.]

낙양성 내의 수십 개 방, 문파들은 천검신문 휘하에 들 자격이 없기 때문에 허드렛일이나 돕고 있는 실정이다.

[천검신문이나 낙성검가에서 직접 알아낸 정보는 아니라는 것이로군.]

곤은 겸연쩍은 표정으로 얼굴을 붉혔다.

[그렇습니다. 천검신문에 접근하는 것은 너무 위험해서…….]

[괜찮다.]

패가수는 고개를 끄덕이고는 다시 생각에 잠겼다.

'낙양성 주둔 고수가 삼만이라는 것은 사실이 아닐 확률이 높다. 놈들이 일부러 흘린 거짓 정보가 분명하다.'

그는 그렇게 확신했다. 울고수 오만을 공격하러 일만밖에 가지 않았다는 사실이 그 증거다.

'그렇다면 현재 낙양성에 남아 있는 천검신문 휘하는 오천 명 남짓이다.'

이럴 때 낙양성을 급습하면 함락시키는 것은 땅 짚고 헤엄치는 것과 다름이 없을 것이다.

그 후 그는 오랫동안 침묵하면서 골똘히 생각에 잠겼고, 곤은 그의 생각을 방해할까 봐 손가락 하나 까딱하지 않고 석상처럼 앉아 있었다.

무려 반 시진이 지났을 때 이윽고 패가수는 담담한 표정으로 입을 열었다.

[가겠다.]

곤의 표정이 크게 변했다.

[가시겠습니까?]

패가수는 고개를 끄덕였다.

[저 친구를 잘 부탁한다.]

그는 염려스러운 표정으로 남궁산을 쳐다보았다.

낙양성을 빠져나간 천검신문 일만 고수가 도대체 무슨 방법으로 울고수 오만을 상대하려는 것인지는 모르지만, 패가수는 그들보다 빨리 항곡현으로 가서 총군주의 지위에 복귀해야만 한다.

슥…….

그는 몸을 일으켜 사흘 동안 두더지처럼 웅크리고 있던 마루 밑바닥에서 나왔다.

곤이 긴장된 표정으로 조심스럽게 말했다.

[대공, 포위망이 아직 그대로인데 탈출하시는 것은 너무 위험합니다.]

위험하다는 것은 곤보다 패가수가 더 잘 알고 있다. 하지만 지금으로선 선택의 여지가 없다.

그가 아무 말 없이 걸음을 옮기자 곤이 따라 나오면서 비장한 목소리로 말했다.

[속하가 전서구를 날리겠습니다.]

패가수는 뚝 걸음을 멈추고 그를 돌아보았다. 패가수의 입가에 흐뭇한 미소가 머금어졌다.

[내가 가는 것이 낫다.]

곤네 집에는 원래 이십여 마리의 전서구가 있었으나 곤이 직접 모두 죽이고 한 마리만 남겨두었다.

삼황사벌이 중원을 침공한 이후 낙양성 내에서 전서구를 날리는 것은 천검신문 휘하 천라대에 의해서 엄격하게 통제되었다.

전서구를 날리려면 천라대의 허가를 받아야만 한다. 첩자가 외부와 연락하는 것을 막기 위함이다.

그것을 어기고 아무리 몰래 전서구를 날린다고 해도 천라대에서 상시 낙양성 하늘에 띄워놓은 여러 마리의 매에게 어김없이 잡히고 만다.

그뿐 아니라 전서구를 띄운 지점을 정확하게 색출해서 모조리 천라대로 끌려간다.

전서구를 키우는 것도 불가능하다. 원래 전서구로 사용하는 비둘기들은 구구, 거리는 특이한 소리를 내기 때문에 집안에 놔둘 수가 없다.

그래서 곤은 기르던 전서구를 모두 죽이고 비상시를 대비해서 울지 않는 비둘기 한 마리만을 남겨두었다.

[자정쯤에는 매들의 움직임이 현저하게 저하됩니다. 그때 전서구를 날려보겠습니다. 그러니까 대공께선 그냥 이곳에 계십시오.]

패가수는 곤의 깊은 충정만을 받아들였다.

[고맙다, 곤. 하지만 됐다.]

전서구를 날렸다가 발각되면 곤과 그의 가족은 모두 천라대로 끌려가서 심한 고문을 받다가 죽게 될 것이다. 그는 그것을 각오하고 전서구를 날리겠다는 것이다.

패가수는 곤의 어깨를 가볍게 두드리고는 밖으로 나갔다.

남궁산에 이어서 곤 같은 사람을 알게 된 것 때문에 그는 마음이 훈훈했다.

第九十九章

전면전(全面戰)

하남성 토벌총군이 임시로 사용하고 있는 산서성 양곡현
고검장의 어느 전각 안.

대전 안 단상의 커다란 의자에는 제이군주 마조가 앉아 있
고, 단하에는 일곱 명의 군주가 서로 마주 보는 자세로 공손
히 늘어서 있다.

마조는 한차례 군주들을 둘러보고 나서 엄숙한 목소리로
말문을 열었다.

"총군주와 일군주를 구하기 위해서 낙양성을 공격하겠
다."

그러자 좌중이 미미하게 술렁거렸다. 하지만 아무도 반대

하지 않았다.

마조는 마치 자신이 총군주가 된 듯한 기분을 느끼면서 자못 위엄있게 말을 이었다.

"오늘 밤 자정을 기해서 출발한다. 모두들 공격 방법에 대해서 좋은 의견이 있으면 기탄없이 말해보도록."

*   *   *

대명제국에서 울제국으로 나라가 바뀌자 그 여파는 중원천하 구석구석까지 퍼져 나갔다.

제일 먼저 황제 이하 황족들이 처형되거나 유배되었고 더러는 자금성의 뇌옥에 감금되었다.

그리고 만조백관 모든 관리들 역시 처형되거나 유배되었으며, 낮은 지위의 관리들만이 겨우 목숨을 부지했으나 관직을 박탈당했다.

군대는 관리들보다 훨씬 가혹한 대접을 받았다. 백호장(百戶將:군사 백 명의 우두머리) 이상 지위의 장수, 장군들은 모조리 참수를 당했으며, 군대는 전격 해산되었다.

중원천하 각 성의 성주들과 현감들 역시 모조리 처형되었고 가족들은 노예가 되어 이리저리 끌려가고 팔려 나갔다.

그뿐만이 아니다. 학자들을 비롯하여 각계각층의 지도적 신분이었던 사람들 모두 거처 밖으로 한 발자국도 나오지 못하게 연금과 감시를 당하고 있다.

　부호들의 재산은 몰수됐으며, 상인과 농민들에게는 대명 제국 때에 비해서 서너 배 이상 과중한 세금이 징수되었다.

　그렇지 않아도 힘겨웠던 백성들의 생활은 갈가리 찢겨지고 말았다.

＊　　　＊　　　＊

　태자(太子) 겸 중벌대장군(中伐大將軍)이라는 어마어마한 호칭이 그의 정식 신분이다.

　"패가수가 실종, 그리고 하남성과 산서성 접경 지대에 울고수 오만을 배치했다는 것인가?"

　울제국의 태자 이반(異反)은 친동생 패가수가 실종됐다는 보고를 받고도 표정 하나 변하지 않았다.

　올해 이십구 세가 된 그는 삼황사벌 사상 최고의 천재로 인정됐으며 또한 삼황사벌 최고의 고수였다.

　그리고 지금은 그 당시보다 더 뛰어난 천재성을 보이고 있으며, 그 당시보다 세 배 이상 무위가 고강해진 상태다.

　그의 지위인 중벌대장군은 이 년여 전에 부친으로부터 임명됐었다.

　삼황사벌 백십만 대군의 생살여탈권을 한 손에 쥔 막강한 권세와 지위다.

삼황사벌이 대명제국을 붕괴시키고 그 땅에 울제국을 세운 것은 순전히 태자이며 중벌대장군인 이반의 공이다.

그는 중원침공에 앞서서 대명제국의 황궁과 중원무림 내에 치밀한 공작과 안배를 꾸며놓았으며, 그것이 중원침공의 발판이 되어 마침내 성공한 것이다.

반면에 동생 패가수가 꾸민 계획들은 거의 모두 실패하거나 빛을 보지 못하고 흐지부지되어 버렸었다.

"그렇습니다, 대장군."

이반에게는 아홉 명의 탁월한 직속 수하들이 있다.

그들은 구룡신장(九龍神將)이라 불리며, 이반이 열다섯 살 때부터 한 명씩 측근으로 거두어 온갖 정성을 다하여 키운 최고수들인 동시에 이반의 분신들이다.

중원침공 때에는 이반의 지휘 아래 아홉 개 방면의 장군 지위를 맡아 혁혁한 무공을 세웠다.

방금 공손히 대답한 인물은 구룡신장 중에서 가장 뛰어난 두뇌와 친화력, 그리고 정보망을 지니고 있는 잠룡신장(潛龍神將)이다.

이반은 가볍게 혀를 찼다.

"쯧쯧… 패가수 그 녀석은 제대로 하는 것이 없군."

이곳은 자금성의 태화전(太和殿)이며 얼마 전까지만 해도 대명제국의 태자가 머물던 곳이다.

거의 칠 척에 가까운 장대한 체구의 거구인 이반은, 시원시

원한 이목구비에 곰의 어깨와 범의 팔뚝을 지닌 강인해 보이는 사내다.

금빛 찬란한 옷을 입었으며, 왼쪽 허리에는 반월처럼 휜 도한 자루를 찼고, 오른쪽 허리에는 먹처럼 검은색의 돌돌 말린 채찍이 매달려 있는 모습이다.

이반은 파르라니 돋아난 까끌까끌한 턱수염을 매만지면서 아쉬운 듯한 표정으로 중얼거렸다.

"천문주가 돌아오면 정식으로 대결을 해보려고 별렀거늘 이젠 안 되겠군."

그는 선녀 같은 옷차림을 한 요염한 자태의 다섯째 부인이 따라준 술을 한 모금 마시고 나서 입을 열었다.

"잠룡(潛龍), 현재 낙양성으로 돌릴 수 있는 세력이 얼마나 되느냐?"

이반은 잠룡신장이라는 본래 칭호 대신에 잠룡이라고 친근하게 부른다.

탁자 너머 바닥에 부복해 있는 잠룡신장은 이반이 그렇게 물을 줄 알았다는 듯 즉시 대답했다.

"고수 삼만에 군사 십만, 도합 십삼만입니다."

"적다. 최대한 끌어모은다면 얼마냐?"

이번에도 잠룡신장은 추호도 망설이지 않고 즉답했다.

"고수 칠만에 군사 삼십만, 도합 삼십칠만입니다."

"좋아. 그들을 파천대진군(破天大震軍)이라 하고, 화룡(火

龍), 오룡(烏龍), 탕룡(蕩龍), 마룡(魔龍)으로 하여금 그들을 이
끌게 하여 하남성을 쓸어버려라. 화룡을 파천대진군 총장군
으로 임명한다."

이반은 무릎에 앉힌 다섯째 부인의 엉덩이를 쓰다듬으면
서 덧붙었다.

"낙성검가에 천하이미가 있다고 하더군. 그 둘을 곱게 데
려오너라."

"존명."

잠룡신장은 이마를 바닥에 대며 더없이 공손히 복명했다.

서장 최고의 영웅 이반은 현재 열두 명의 부인을 거느리고
있었다.

*　　*　　*

관도상에는 꽤 많은 행인들이 오가고 있었는데, 그들의 대
부분은 장사꾼이거나 농사꾼 등 일반 백성들이다.

관도 변 양쪽에는 열 걸음 간격으로 경장 차림의 고수들이
줄지어 서서 예리한 눈으로 행인들을 살피고 있다.

천검신문은 백성들의 생업을 위한 성문 통행만큼은 허용
하고 있는 상황이었다.

아무리 전시라고 해도 사람이 살아 있는 한 먹고살아야 하
기 때문이다.

패가수는 덜커덩거리면서 굴러가고 있는 어느 짐수레의 꽁무니를 붙잡은 채 터덜터덜 걸어가고 있었다.

이 관도는 낙양성에서 서쪽 산서성의 항곡현으로 뻗어 있으나 항곡현 목전에서 천검신문 고수들에 의해 차단되어 있는 상태다.

패가수는 힐끗 뒤를 돌아보았다.

저만치 낙양성 서문이 보였다. 곤의 집을 나선 지 한 시진이 지났으나 그는 현재 낙양성 서문 밖에서 수백 장 떨어진 곳을 걸어가고 있는 중이다.

그는 미리유영행을 전개하여 낙양성을 탈출하는 데는 성공했으나 일각이 다 돼서 미리유영행이 풀어지는 바람에 관도의 행인들 틈에 섞여들 수밖에 없었다. 다시 미리유영행을 전개하려면 한 시진이 지나야만 한다.

촌각이 급한 패가수지만 관도에서 경공을 전개하여 달릴 수는 없다.

경공은커녕 조금 이상한 기미만 보이면 관도 양쪽을 지키고 서 있는 천검신문 고수들에게 즉각 덜미가 잡힐 것이다. 그들이 무서운 것이 아니라 발각되면 벌떼처럼 몰려들 천검신문 고수들이 무서운 것이다.

다행히 그는 곤의 집에서 그의 허름한 옷으로 갈아입은 터라 장사꾼의 수레 꽁무니를 붙잡고 있으니 영락없는 장사치로 보였다.

그때 양곡현 쪽에서 오고 있는 행인 몇 명이 나누는 대화가 패가수의 고막을 두드렸다.

"나는 그렇게 큰불은 난생처음 봤네. 산이 온통 불타고 있는 광경이 수십 리 밖에서도 보이더라니까?"

"어쩌다가 초목이 바싹 마른 이런 시기에 신성산과 왕실산에 불이 났는지……. 쯧쯧… 저대로 놔두면 아마 몇 달 동안은 족히 활활 탈 걸세."

순간 패가수의 걸음이 뚝 멈추어졌다. 그리고 그의 얼굴이 돌덩이처럼 굳어졌다.

'설마… 화공이었단 말인가?'

신성산과 왕실산에는 울고수 오만이 은둔해 있다. 그런데 그곳에서 불이 났다는 것이다.

산불이 난데없이 저절로 났을 리가 없다. 필경 그 불은 낙양성을 빠져나간 일만 고수가 지른 것일 게다.

산에 불을 질러서 울고수들이 불에 타서 죽거나 불길을 피해서 산 밖으로 뛰쳐나오면 기다리고 있다가 차례차례 주살할 것이다.

신성산과 왕실산은 거대한 중조산(中條山)의 남쪽 자락에 붙어 있다.

그것은 신성산과 왕실산의 동쪽과 북쪽, 서쪽은 산으로 둘러싸여 있기 때문에 도망칠 곳은 남쪽뿐이라는 뜻이다.

천검신문 고수들은 남쪽에서 지키고 있다가 뛰쳐나오는

울고수들을 죽이기만 하면 되는 것이다.

'그렇다. 지금 같은 시기에는 온 산이 바싹 말라 있고, 거기에 불을 지르면 그야말로 화약처럼 탈 것이다. 아아… 그것을 생각하지 못했다니…….'

패가수는 심장에서 눈물처럼 피가 뚝뚝 떨어지는 것처럼 괴로웠다.

신성산과 왕실산에서 난 산불이 수십 리 밖에서도 보일 정도라면 산 전체가 타고 있다는 뜻이다.

눈으로 보지 않더라도 울고수들이 마치 펄펄 끓는 뜨거운 기름 솥 안에 갇힌 것처럼 산지사방으로 흩어지면서 처절하게 불에 타 죽는 모습이 패가수의 눈에 선했다.

그들 오만 명은 부친이 패가수에게 붙여준 유일한 세력이다. 그들을 잃으면 패가수는 전부를 잃게 되는 것이다.

하지만 패가수는 그런 것보다 자신을 믿고 따르던 수하들이 떼죽음을 당하고 있을 것이라는 절망과 슬픔 때문에 온몸이 갈가리 찢어지는 것만 같았다.

"어이! 거기 너!"

그때 패가수의 귓전을 울리는 차가운 호통이 있었다.

"너 말이다! 이리 와라!"

그 목소리가 다시 들리자 패가수는 이끌리듯 그쪽을 쳐다보았다.

그리 멀지 않은 관도 변에 우뚝 서 있는 한 명의 고수가 패가수를 날카롭게 주시하면서 손끝을 까딱거리며 오라는 손짓을 하고 있었다.

패가수는 주위를 두리번거렸다. 그가 꽁무니를 잡고 있던 짐수레는 저만치 멀어지고 있는 중이다.

그는 신성산과 왕실산에 불이 났다는 행인의 말을 듣고 너무 놀란 나머지 수레를 놓고 그 자리에 우두커니 서 있었던 것이다.

그가 불러도 오지 않고 이상한 행동을 하는 것을 발견한 천검신문 고수는 즉시 조치를 취했다.

섣부른 행동을 하지 않고 손에 쥐고 있던 호각을 입에 물더니 힘껏 분 것이다.

삐이익—!

순간 정신을 차린 패가수는 관도 반대편 허공을 향해 번쩍 신형을 날렸다.

고수들이 몰려들기도 전에 그의 신형은 드넓은 들판을 가로질러 저 멀리 숲을 향해 쏘아가고 있었다.

*　　*　　*

밤.

왕실산 남단 산기슭에서 백여 장쯤 떨어진 곳에 많은 고수들이 긴 띠를 이루고 서 있다.

그들은 낙성검가를 지키고 있는 담신기의 전무영대를 제외한 삼무영대와 천불지도의 고수들 사백 명이다.

콰아아아—!

그들의 앞쪽에 있는 왕실산은 온통 시뻘건 불길에 휩싸여 있었다.

수십 장 높이의 불기둥이 곳곳에서 하늘로 치솟았으며, 시커먼 연기가 하늘을 뒤덮었다.

늘어서 있는 긴 띠의 중간쯤에 세 명의 대주인 나운상과 우림, 도격, 그리고 불도주 독고비가 나란히 서 있었다.

불빛으로 인해서 네 사람의 얼굴은 붉게 물들었다.

불빛 속에서도 얼음처럼 아름다운 나운상이 눈과 입으로 잔인한 미소를 지으며 중얼거렸다.

"지금쯤 슬슬 튀어나올 때가 됐군."

그때 주위를 둘러보던 도격이 뒤쪽을 보면서 의아한 표정으로 말했다.

"저기, 천라대의 전령이 아닌가?"

네 사람이 뒤를 돌아보니 과연 수백 장 거리에서 한 명의 남의경장고수가 나는 듯이 이쪽으로 달려오고 있었다.

그는 이마에 머리띠를 둘렀으며, 복판에 '천라(天羅)' 라는 두 글자가 적혀 있었다. 그것은 천라대 고수들을 나타내는 표시이다.

천라대 전령을 발견한 네 사람은 문득 똑같이 불길한 생각이 들었다.

그들이 느끼는 불길함이란 낙양성과 낙성검가에 무슨 일이 발생했다는 것밖에는 없다.

"총군주의 밀명입니다."

낙양성에서 이곳까지 한시도 쉬지 않고 달려온 탓에 숨이 턱까지 찬 전령이 헐떡거리며 품속에서 봉인된 밀서 한 통을 꺼내 공손히 내밀었다.

낙양성에 남아 있는 총군주 도기운이 전장(戰場)에 명령서를 보낸 것이다.

도격은 긴장된 얼굴로 빠르게 밀서를 뜯어 읽더니 곧 얼굴이 돌덩이처럼 굳어버렸다.

그의 표정을 살피던 세 사람은 불길함이 가중되었다. 나운상이 참지 못하고 도격의 손에서 밀서를 뺏듯이 낚아채서 읽기 시작했다.

"이게 뭐야? 삼황사벌 삼십칠만 대군이 하남성 동쪽과 남쪽에서 몰려오고 있다고?"

나운상은 망연자실한 얼굴로 신음처럼 내뱉었다. 중원에 세워진 울제국을 인정하지 않는 중원 사람들은 여전히 그들을 삼황사벌이라고 부른다.

"삼십칠만 대군이라니, 도대체 무슨……."

독고비와 우림도 밀서를 읽고 나서 믿을 수 없다는 표정으로 중얼거렸다.

도격이 전령에게 물었다.

"밀서를 모두에게 전했느냐?"

"그렇습니다."

전령의 대답을 듣고 네 사람은 착잡한 얼굴로 불타는 산을 바라보았다.

밀서의 말미에는 즉시 낙양성으로 돌아오라는 총군주 도기운의 명령이 적혀 있었다.

네 사람은 불타는 산을 쳐다보고 있었지만 잠시 후에 뛰쳐나올 울고수들을 죽이지 못하는 것을 아쉬워하지는 않았다.

그보다는 삼십칠만 대군으로부터 어떻게 하남성과 낙양성을 지킬 것인지 막막해하기만 했다.

"마침내 놈들이 움직이기 시작했군."

우림이 착 가라앉은 목소리로 중얼거렸다.

삼십칠만 대군이 무서운 것이 아니다. 그것은 빙산의 일각이다. 울제국은 아직도 육십여 만이라는 어마어마한 대군이 남아 있었다.

"낙양성으로 돌아가자."

도격의 묵직한 말에 세 사람은 각자 흩어져서 자신들의 수하들을 이끌러 갔다.

＊　　＊　　＊

낙성검가 내 낙성전 안에는 천검신문의 주요 인물들이 모여 있으나 한 시진이 넘도록 아무도 입을 열지 않고 있었다.

도기운이 하남성 전역에 흩어져 있는 이만 오천 고수를 모두 낙양성으로 집결하게 했다는 말을 한 이후 지금까지 침묵이 이어지고 있는 것이다.

도합 사만여 명의 고수를 낙양성으로 집결시켜서 최후의 항전을 하자는 것밖에는 현재로선 그보다 나은 방법이 나오지 않고 있는 상황이다.

사만 대 삼십칠만의 싸움이다. 아니, 신성산과 왕실산의 산불에서 살아남는 울고수들까지 합세한다면 사십만이 훌쩍 넘을 것이다.

오랫동안 꼿꼿한 자세로 생각에 잠기다가 좌중을 둘러보기를 반복하던 도기운이 이윽고 무겁게 입을 열었다.

"결사항전밖에 없다."

모두들 그 길밖에 없다는 각오를 다지고 있다가 막상 도기운으로부터 그 말을 듣자 새삼 자신들이 벼랑 끝에 서 있다는 절망감이 엄습했다.

"이러는 것은 어떨까요?"

그때 독고비가 또랑또랑한 목소리로 말문을 열었다.

"천하에 흩어져 있는 천검육호문 전체 휘하 세력은 전부 얼마나 되나요?"

그녀는 도기운을 바라보며 뜬금없이 물었다.

그녀의 물음에 도기운 대신 천라대주 나신효가 대답했다.

"이곳 낙양성을 제외하고 대략 십오만 명가량 될 것이오."

울제국은 천검신문 휘하 세력이 천하에 흩어져 있다는 사실을 알고 그들이 낙양성으로 집결하지 못하도록 모든 길을 완벽하게 차단했었다.

그들이 손을 쓰기 전에 천검신문 세력이 낙양성으로 집결하지 못했던 것이 최대의 실수였었다.

사만에 십오만 명이 더 보태졌다면, 저항할 수 있는 방법이 지금보다는 더 많아졌을 것이다.

독고비의 의중을 짐작하는 듯 나궁조가 손을 내저었다.

"하남성으로 이르는 길은 모두 차단됐기 때문에 그들을 불러 모으는 것은 예나 지금이나 불가능하네."

"그게 아니에요."

중인들도 나궁조하고 같은 생각을 하고 있었기 때문에 의아한 표정으로 독고비를 주시했다.

독고비는 희고 가느다란 손가락 하나를 세웠다.

"낙양성을 하나 더 만드는 거예요."

"낙양성을?"

"그게 무슨 뜻이오?"

모두들 독고비의 말뜻을 파악하지 못하고 의아한 표정을 지었다.

"그거 좋은 생각이군요!"

그때 춘몽이 반색을 하며 외치듯 말했다.

"적당한 곳을 물색하여 십오만 세력을 그곳으로 집결시키자는 것이로군요? 즉, 이곳 낙양성 같은 저항 본거지를 하나 더 만들자는 것이죠?"

독고비의 깊은 의중을 간파한 사람은 춘몽 한 사람만이 아니다.

"낙양성하고는 되도록 멀리 떨어진 곳이 좋겠고, 반면에 십오만 명이 쉽게 집결할 수 있는 곳이면 더 좋겠군요."

그렇게 말한 사람은 나운상이다. 그녀는 독고비를 주시하며 말을 이었다.

"십오만 명을 당장 낙양성으로 불러 모으지는 못해도, 그렇게 하면 장차 간접적인 효과는 클 거예요."

울제국은 점령지인 중원천하의 치안 유지와 울제국에 항거하는 반울세력(反兀勢力)의 도발을 저지하기 위해서 막대한 군사력이 필요하기 때문에 중원천하 곳곳에 적절하게 고수들과 군사를 배치한 상황이다.

울제국 태자 이반이 하남성 토벌에 투입한 삼십칠만 대군은 현재 그들이 끌어모을 수 있는 최대치다. 아니, 사실 한계를 넘어섰다.

치안 유지와 반울세력의 도발을 저지하기 위해서 중원천하 각 지역에 주둔해 있는 울제국의 적정 수준의 고수들과 군사들을 제외한 잉여 세력은 대략 십삼만 정도인데, 삼십칠만을 동원했으니 이십사만을 빼내온 지역의 치안이 불안해지고 반울세력이 준동을 해도 그것에 대처하기가 버거워질 수밖에 없다.

그런 상황에서 천검신문이 십오만에 달하는 세력으로 낙양성 같은 곳을 중원에 한 군데 더 만든다면 울제국에 큰 타격을 줄 것이 분명하다.

독고비의 의견은 당장 하남성과 낙양성에 불어닥친 태풍을 막지는 못하더라도 긴 안목으로 적의 전세를 흐트러뜨리는 역할을 할 것이다.

"좋은 계획일세."

도기운은 한 치 앞만 내다보는 사람이 아니다. 그는 고개를 끄덕이며 독고비의 제안을 받아들였다.

하지만 여전히 발등에 떨어진 불을 끌 만한 방법은 나오지 않고 있었다.

다시 한동안 침묵이 흐른 후 기무군이 걸걸한 목소리로 입을 열었다.

"놈들의 후방 보급로를 차단하는 것쯤은 시도해 볼 만하지 않겠소?"

시선이 기무군에게 집중됐다. 그는 천검육신위에 임명된 이후 수십 차례의 회의에서도 여간해서는 입을 열지 않는 것으로 유명해졌다.

기무군은 중인의 시선이 자신에게 집중되자 괜히 머쓱해

져서 어린아이 손목만큼 두툼한 손가락을 만지작거리면서 말을 이었다.

"황하에는 황하수로채(黃河水路寨) 놈들이, 안휘 북부 지역 회하(淮河)에는 회하십육채(淮河十六寨) 놈들이 있으니까 그 놈들을 이용하면 삼황사벌 놈들의 보급로를 괴롭힐 수 있을 것이오."

황하수로채와 회하십육채는 장강십팔채(長江十八寨)와 더불어서 천하삼대수로채(天下三大水路寨)로 불릴 만큼 거대한 규모다.

중인은 기무군이 사도구련의 총련주라는 사실을 한동안 잊고 있었다.

현재 울제국의 삼십칠만 세력은 동쪽과 남쪽, 즉 하북성과 안휘성 쪽에서 진군하고 있으므로, 하북성 쪽은 황하수로채가, 안휘성은 회하십육채가 적의 보급로를 차단해 준다면 더할 나위 없다.

삼십칠만 대군이라는 어마어마한 병력이 전쟁을 원활하게 수행하기 위해서는 후방에서의 물자 지원, 즉 보급이 제대로 이루어져야만 한다.

보급의 대부분을 차지하는 것이 식량이다. 사람은 먹지 않고는 살지 못한다.

더구나 전쟁을 치르는 고수나 군사가 보급이 끊겨서 제대로 먹지 못하게 된다면 전쟁 수행에 막대한 지장을 초래하게 될 것이다.

천하삼대수로채라는 거창한 명칭하고는 달리 평소 그들은 무림에도 끼지 못하는 쓰레기 같은 존재로 취급됐었다.

도기운은 진중한 표정으로 기무군에게 포권을 해 보였다.

"천중군주, 부탁하오."

"맡겨두시오."

기무군은 주먹으로 제 가슴을 두드렸다. 그는 황하수로채와 회하십육채의 십만 졸개들을 모조리 죽이는 한이 있더라도 기필코 적의 보급로를 끊겠노라고 속으로 다짐했다.

원래 사도구련이 보유하고 있는 사파고수의 수는 이십오만 명에 달한다.

기무군은 그중에서 오천 명을 엄선하여 낙양성으로 이끌고 온 것이다.

그러므로 사도구련에는 아직 이십사만 오천 명의 사파고수들이 건재했다.

물론 그들이 무창성 사도구련 총련에 모여 있는 것은 아니다. 울제국의 핍박을 피해서 암중으로 숨어들었다.

사도구련은 원래 수천 개의 방파들이 모여서 이루어진 것이므로, 그들은 각자의 방파로 돌아간 것이다.

원래 사파의 방파들은 버젓이 성이나 현에 있지 않고 대부분 깊은 산중에 있게 마련이다.

그렇기 때문에 울제국은 사파의 방파들을 토벌하지 못한

채 아예 손을 놓고 있는 것이다.

기무군은 언젠가 때가 되면 이십오만 사파고수를 멋지게 활용할 계획이었다.

파죽지세란 이런 것을 두고 하는 말인 듯하다.

삼십칠만 대군, 즉 울제국의 파천대진군은 거칠 것 없이 서진하면서 하남성 전역을 점령하더니 불과 열흘 만에 낙양성에 이르렀다.

그럴 수밖에 없는 것이, 천검신문이 하남성 전역에 흩어져 있는 사만 명의 고수들을 모두 낙양성으로 불러들였기 때문에 파천대진군을 가로막은 것이 아무것도 없었다.

콰아아—!!

낙양성 전체가 거세게 불타고 있다. 성내는 불의 바다, 화해(火海)다.

성을 포위하고 있는 파천대진군 선두의 수백 대의 대강전노(大强電弩)가 벌써 사흘째 기둥만 한 불화살을 성을 향해 쏘아대고 있었기 때문이다.

여러 필의 말이나 소가 끌어야 할 정도로 거대한 크기인 대강전노는 전쟁 무기다.

무림인들은 대강전노 같은 전쟁 무기를 사용하지 않는다. 그 말은 대강전노 앞에서의 무림인들은 그야말로 속수무책이라는 뜻이다.

전쟁에서는 일단 싸움에 앞서 대강전노 같은 전쟁 무기로 공격 지점을 쑥밭으로 만드는 것이 순서다. 그 후에 군사가 해일처럼 밀고 가서 휩쓸어 끝장을 내버린다.

파천대진군은 그런 전쟁의 방식을 낙양성에 고스란히 적용하고 있었다.

사흘 연일 기둥 크기의 불화살 수천 발을 두들겨 맞은 낙양성은 삼 할 정도의 건물들이 잿더미로 화했으며, 삼 할이 현재 맹렬히 불타고 있는 중이었다.

第百章

낙양대전 (洛陽大戰)

밤새도록 소나기처럼 퍼붓던 대강전노의 불화살이 나흘째 아침 무렵에 비로소 멈추었다.

낙양성 내는 말 그대로 아비규환의 상황이었다. 도처에서 아직도 불타고 있는 건물들이 수두룩했으며, 짙은 연기 때문에 일 장 앞이 보이지 않을 정도다.

시체 타는 냄새가 진동하고, 화상을 입거나 무너지는 건물에 깔려서 다친 사람들의 고통에 가득 찬 신음과 비명 소리가 한겨울 밤의 매서운 겨울바람처럼 성안을 메웠다.

그러나 죽거나 다친 사람은 무고한 성민들이 대다수였다. 더러 무림인들이 있었지만, 그들은 성내 삼류 방, 문파의 하수들이었다.

그런데 파천대진군은 잿더미로 화한 낙양성을 공격하지 않고 그대로 내버려 두었다.

대강전노의 집중 공격이 끝나고 나면 파천대진군이 대거 공격을 개시할 것이라고 믿었던 천검신문의 예상은 빗나가고 말았다.

파천대진군은 낙양성 밖 삼백여 장 거리에 진을 치고 꼼짝도 하지 않았다.

그렇게 다시 이틀이 지났다.

그제야 파천대진군이 어째서 이틀 동안 낙양성을 공격하지 않았는지 밝혀졌다.

낙양성은 성의 서쪽에서는 윤수를, 남쪽에서는 낙수를 각각 성안으로 끌어들여서 낙양성 내를 북에서 남쪽으로 가로질러 흐르는 취운하와 합류시켜서 성내 구석구석까지 운하와 수로를 거미줄처럼 연결했다.

성민 대다수는 운하와 수로의 물로 생활을 하고 있다. 또한 성민의 절반 이상이 그 물을 식수로 사용한다.

낙양성 내를 혈맥처럼 흐르는 물줄기에 성민들이 절대적으로 의존하고 있다는 뜻이다.

그런데 파천대진군이 대강전노로 집중 공격을 끝낸 지 이틀이 지난 정오 무렵부터 성내의 모든 운하와 수로의 물이 급속히 줄어들기 시작했다.

그러더니 해가 지기 전에는 성내 전체 운하와 수로가 완전히 바닥을 드러내 버렸다.

확인 결과 성안으로 유입되는 윤수와 낙수, 취운하를 밖에서 막아버렸기 때문이다.

원래 윤수와 낙수에 물줄기를 하나씩 따로 내서 성안으로 끌어들였었는데 그것을 막아버린 것이다.

그리고 낙양성 한복판을 북에서 남으로 가로질러 흘러서 낙수와 합쳐지는 취운하는 성 북쪽에서 아예 물길을 다른 곳으로 돌려 버렸다.

성 밖으로 흘러 나가는 수로는 그대로 놔두고 유입되는 수로만 막아버렸으니 성내의 운하와 수로가 바닥을 드러내는 것은 당연하다.

파천대진군은 지난 이틀 동안 세 개의 물길을 막거나 바꿔 버린 것이다.

파천대진군이 무려 삼십칠만 명이나 되기 때문에 한 명이 흙을 한 주먹씩만 퍼다 날라도 그리 어려운 일이 아니었을 것이다.

파천대진군은 싸움을 장기전으로 끌고 가서 낙양성 내의 사람들을 고사(枯死)시키려는 계획인 듯했다.

그리고 그 계획은 제대로 들어맞았다. 인간은 물 없이는 단 하루도 살 수가 없다.

수로의 물을 식수원으로 삼고 생활했던 성내 절반 이상의 성민들은 첫날부터 갈증에 허덕이며 우물이 있는 집을 찾아 헤매었다.

그러나 수원(水源)이었던 운하와 수로의 물이 고갈되자 우물도 마르기 시작하더니 채 하루가 지나기도 전에 바닥을 드러내고 말았다.

결국 아주 깊게 파서 지하 수맥과 연결된 극소수의 우물만이 남게 되었다.

그 수는 성내 전체에 고작 이십여 개 정도인데 낙양성민 칠십여만 명을 먹여 살리기에는 태부족이었다.

그동안 낙양성민들은 천검신문에게 절대적으로 충성하고 또 복종을 했다.

그들이 아니었다면 천검신문 휘하의 수만 명이나 되는 고수들은 절대로 배겨내지 못했을 것이다.

낙양성민들은 자신들이 대명제국의 백성이 아니라 천검신문의 백성이라고 말하기를 주저하지 않았다.

천검신문은 그런 백성들을 보호해야만 할 책임이 있다. 울제국으로부터, 그리고 불행으로부터.

낙성검가 낙성전에 천검신문의 주요 인물들이 모여 있다.

"황하수로채와 회하십육채가 북경성과 합비성에서 하남성으로 향하고 있던 놈들의 보급로를 완전히 끊어버리고 보급물 전체를 손에 넣었다는 보고입니다."

천라대주 나신효가 일어서서 공손히 말했다.

"놈들의 보급대는 후방이라고 지나치게 방심하고 있었던 것 같습니다."

그의 보고에 다들 환한 표정이 되었다.

"잘했군! 정말 잘했소!"

"기 형, 훌륭하오!"

나궁조와 담무혁 등이 엄지손가락을 세우며 칭찬하자 기무군은 얼굴을 붉혔다. 하지만 기분은 몹시 좋았다.

그때 도기운이 나직한 어조로 주의를 환기시켰다.

"보급이 끊어졌다는 것은 삼황사벌의 총공격이 임박했다는 뜻이오."

그 말에 좌중은 찬물을 끼얹은 듯 조용해졌다.

그의 말이 맞다. 파천대진군은 낙양성을 고사시키는 장기전을 계획했으나 보급이 끊어진 지금은 그럴 수가 없게 되었다.

파천대진군 고수와 군사들이 굶어 죽게 될 상황이므로 사생결단을 내야만 할 것이다.

그들이 생존하려면 낙양성을 함락시켜서 그곳의 식량을 확보해야만 하기 때문이다.

"놈들은 현재 보유하고 있는 식량이 바닥나기 전에 낙양성을 함락시키려고 할 것이오."

그만큼 파천대진군의 공격이 거셀 것이라는 뜻이다.

도기운은 유당환을 쳐다보았다.

"천휘군주, 일은 어찌 되었소?"

유당환이 공손히 대답했다.

"완성됐습니다. 총군주께서 명령하시면 언제라도 성민들을 대피시키겠습니다."

도기운은 파천대진군이 낙양성으로 향하고 있다는 보고를 받은 날 유당환에게 성민들을 대피시킬 수 있는 대피호(待避壕)를 성 여러 곳에 파라고 지시했었다.

명령을 받은 날부터 유당환은 낙성검가와 성내 방, 문파들, 그리고 성민들과 힘을 합쳐서 성내 백여 군데 장원 지하에 대피호를 파기 시작했다. 그것이 완성됐다는 것이다.

도기운은 고개를 끄덕였다.

"싸움이 시작되면 천휘군은 성민들을 대피호로 피신시키는 일을 해주시오."

"명을 받듭니다."

도기운의 얼굴에 비장한 표정이 떠올랐다.

"우리는 죽기를 각오하고 싸움에 임해야 할 것이오."

사만 대 삼십칠만의 싸움, 아니, 전쟁이다.

파천대진군은 고수가 칠만에 군사가 삼십만이다. 하지만 율제국 군사는 보통 군사가 아니라 무공을 익힌 군사다. 최소한 무림의 이류고수 수준은 된다고 한다.

낙양성의 천검신문은 외부의 도움 같은 것은 바라지도 못하는 형편이다.

천하에 흩어져 있는 천검신문 십오만 고수들에게는 강소성 남경성(南京城)에 집결하여 제이의 낙양성을 만들라는 도기운의 명령이 전서구를 통해서 이미 전해진 상황이다.

중인의 얼굴 얼굴에 더없이 비장한 표정이 떠올랐다.

도기운의 엄숙한 목소리가 실내를 울렸다.

"이제부터 어떻게 대처해야 할 것인지를 구체적으로 의논해 봅시다."

파천대진군의 총공격 시기는 천검신문이 예상했던 것보다 훨씬 더 빨랐다.

천검신문이 마지막 회의를 마치고 나서 채 한 시진도 지나지 않아 파천대진군의 총공격이 개시되었다.

예상을 깬 것은 공격 시기만이 아니다. 파천대진군의 공세(攻勢)는 산전수전 두루 겪은 도기운과 기무군, 나궁조, 담무혁들조차도 혀를 내두를 정도로 가공했다.

최초에 천검신문은 만 명의 고수를 성벽 위에 겹겹이 배치시켜서 파천대진군의 울고수들이 성내로 진입하지 못하도록 하는 방법을 세웠었다.

하지만 울고수 칠만 명이 일제히 한꺼번에 성벽 위로 날아올라 퍼부어대는 공격은 가히 하늘도 놀라고 땅이 몸서리를 칠 정도였다.

게다가 파천대진군의 군사들은 오 장 높이의 성벽을 날아오르지 못할 것이라는 천검신문의 예상을 가차없이 박살 내버렸다.

군사들은 날아오르지 못하는 대신 밧줄을 걸어서 두세 번 도약한 후에 가볍게 성벽에 올라섰다.

낙양성의 모든 성문이 열리자 군사들이 물밀듯이 쏟아져 들어왔고, 싸움이 본격적으로 시작됐다.

천검신문의 고수들은 성민들이 피신해 있는 대피호가 있는 장원에 분산되어 결사적으로 싸웠다.

사만 대 삼십칠만의 싸움. 천검신문 고수 한 명이 울고수와 울군사를 거의 열 명 가까이 상대해야 하는 절대적으로 불리한 싸움이다.

칠만의 울고수와 삼십만의 울군사들은 강했다. 하지만 천검신문 고수들은 더 강했다.

더구나 천검신문 고수들은 죽기를 각오하고 싸우기 때문에 초인적인 능력을 발휘했다.

말도 되지 않을 것 같았던 사만 대 삼십칠만의 싸움이 시간이 지날수록 우열을 가리기 어려울 정도로 팽팽한 양상으로 변해갔다.

쩌껑!

검과 도가 부딪치면서 섬광이 튀고 도기운과 화룡신장은

똑같이 대여섯 걸음씩 뒤로 물러났다.

'음! 예상했던 것보다 더 강하다, 화룡신장.'

도기운은 재차 화룡신장을 향해 쏘아가며 내심 묵직한 신음을 흘렸다.

그는 자신이 싸우고 있는 상대가 울제국의 태자인 이반의 아홉 명의 심복수하, 즉 구룡신장 중 한 명인 화룡신장이라는 사실을 알고 있었다.

천라대가 수집한 정보에 의하면, 구룡신장은 울제국의 최정예 고수들과 군사를 이끌고 수많은 싸움을 치르는 동안 단 한 번도 패한 적이 없다고 했다.

그 소문의 구룡신장 중에 화룡신장과 직접 십여 초를 겨루어본 결과 도기운은 상대가 자신과 비슷한 수준이라는 사실을 깨달았다.

도기운은 천검신문 전체 고수들 중에서 가장 고강하다.

그 말은 천검신문 고수들 중에서 구룡신장을 당해낼 사람이 아무도 없다는 뜻이다.

도기운은 마음이 초조해졌다. 지금 싸우고 있는 화룡신장 때문이 아니다.

구룡신장 중에 몇 명이 왔는지는 모르지만 화룡신장 혼자 오지는 않았을 것이라는 생각에서다.

구오옷!

도기운이 검강을 일으켜 공격해 가자 화룡신장은 그의 자랑인 화도강(火刀罡)으로 반격해 왔다.

화우웅!

용광로에 달구었다가 꺼낸 것처럼 화룡신장의 도가 시뻘
겋게 변하더니 흐릿한 불기둥, 즉 화도강이 폭발하듯이 뿜어
져 나왔다.

쩌러렁!

검강과 화도강이 충돌하자 두 사람은 반탄력에 삼 장여나
뒤로 튕겨졌다.

그사이에 도기운은 재빨리 주위를 둘러보았다. 낙성검가
곳곳에서 천검신문의 최정예 고수들과 울고수들이 치열하게
싸우고 있었다.

도기운이 싸우고 있는 곳은 소옥군과 소랑의 거처가 있는
북두전의 대전 입구 계단 아래다.

이곳은 도기운이 엄선한 천검신문 최정예 고수 백 명이 지
키고 있다.

그리고 낙성검가 전체는 사백 명의 고수가 방어를 하고 있
는 중이다.

그때 도기운의 시선에 나신효가 대여섯 명의 울고수에게
둘러싸여 치열하게 싸우고 있는 모습이 보였다. 그는 즉시 나
신효에게 천음으로 어떤 명령을 내렸다.

그러자 나신효는 싸우던 중에 허공 높이 신형을 뽑아 올렸
다가 순식간에 멀리 사라졌다.

나신효는 천라대 고수들과 함께 낙양성 내를 돌아다니면서 한 가지 조사를 했다.

구룡신장 중에 몇 명이 이곳에 왔으며, 누구와 싸우고 있느냐는 것이다.

그 결과 구룡신장 중에 네 명이나 왔으며, 도기운이 화룡신장과 싸우고 있고, 나궁조가 마룡신장과 기무군이 탕룡신장과 그리고 나운상이 오룡신장과 싸우고 있다는 사실을 알아냈다.

무위가 비슷한 수준인 나궁조와 기무군은 마룡신장과 탕룡신장에게 약간 열세에 처한 상황에서 싸우고 있었으나 금세 패할 것 같지는 않았다.

문제는 오룡신장과 싸우고 있는 나운상이다. 그녀가 아무리 생사현관이 소통되었다고 해도 결코 오룡신장의 적수는 되지 못한다.

그녀는 죽을힘을 다해서 오룡신장에게 덤벼들었지만 번번이 큰 대가를 치르면서 격퇴당하기 일쑤였다.

그녀가 이끌고 있는 중무영대의 성검백수들이 사력을 다해서 합공을 하지 않았다면, 그녀는 이미 오래전에 낭패를 당했을 것이다.

그러나 그녀 대신 싸늘한 시신으로 변하고 있는 것은 성검백수들이었다.

　그들은 자신들의 목숨을 전혀 돌보지 않고 나운상을 보호하기 위해서 거침없이 몸을 내던졌다. 그리고 그 대가는 처참한 죽음이었다.

　나운상도 온전한 상태가 아니다. 가볍지 않은 내상을 입은 채 안색이 창백해져서 입가로 피가 흐르고 있는데도 미친 듯이 오룡신장에게 덤벼들고 있었다.

　그런데 이상한 것은 오룡신장의 행동이다. 그는 나운상을 죽일 수 있는 기회가 여러 차례 있었는데도 불구하고 살수를 펼치지 않았다.

　그 싸움을 세심하게 지켜본 천라대 고수는 결국 오룡신장이 나운상을 산 채로 제압하려 한다는 결론을 내렸다. 하지만 그 이유는 알 수가 없다.

　'허점이다!'

　허공으로 떠올랐던 나운상은 오십대 나이에 칠흑 같은 흑포를 입고 염소 수염을 기른 깡마른 체구의 오룡신장이 어깨와 가슴 두 군데에 순간적으로 허점이 드러난 것을 발견하고 눈을 빛냈다.

　그의 사방에서 합공을 전개하고 있는 십여 명의 성검백수들을 상대하느라 순간적으로 드러난 허점이다. 그것을 나운상은 놓치지 않았다.

　나운상은 내상을 입은 상태인데도 불구하고 마지막 한 움큼의 공력까지 극한으로 끌어올려 오른손에 쥐고 있는 검에 집중시켰다. 이번 일검으로 오룡신장을 요절내 버리겠다는 각오다.

쐐애액!

다음 순간 그녀는 벼락같이 하강하면서 오룡신장의 어깨와 가슴을 향해 전력으로 검을 그어내려 검기를 발출했다.

너무도 분명한 허점이라서 그녀는 이번 공격이 실패할 리가 없다고 확신했다.

"……!"

뿜어낸 검기가 쏘아가다가 두 줄기로 갈라지려는 순간 나운상은 오룡신장이 자신을 힐끗 쳐다보면서 입가에 한줄기 흐릿한 미소를 머금는 것을 발견하고는 온몸에 소름이 오싹 끼쳤다.

그와 동시에 뭔가 잘못됐다는, 어쩌면 자신이 함정에 빠진 것인지도 모른다는 불길함이 등골을 저리게 했다.

그리고 그 불길함이 현실로 드러나는 데에는 채 촌각도 걸리지 않았다.

오룡신장은 성검백수의 합공을 무시한 채 나운상을 향해서, 아니, 그녀가 내리긋고 있는 검을 향해 맨손을 뻗었다.

스웃.

육안으로는 절대로 볼 수 없는 극한의 쾌속함.

칵!

그의 손은 검기를 지나쳐서 거침없이 나운상의 검을 맨손으로 움켜잡았다.

바위에 세 치 깊이의 구멍을 뚫을 수 있을 정도의 위력을 지닌 검기를 맨손으로 지나치다니, 믿기 어려운 일이다.

파츠으웃!

"아악!"

그 순간 검신을 통해서 한줄기 강렬한 내력이 나운상의 몸 속으로 파고들자 그녀는 날카로운 비명을 터뜨리며 그대로 정신을 잃었다.

퍼퍼퍽!

"으악!"

"아악!"

오룡신장이 일으킨 호신강기에 검이 부딪친 성검백수 몇 명이 처절하게 비명을 지르며 튕겨 날아갔다.

오룡신장은 축 늘어진 나운상을 왼쪽 어깨에 걸머메는가 싶더니 더 이상 이곳에 볼일이 없다는 듯 번쩍 허공으로 신형을 날려 놀라운 속도로 쏘아갔다.

성검백수들이 분분히 신형을 날렸으나 채 십여 장도 뒤쫓지 못하고 멈춰야만 했다.

오룡신장의 모습이 눈 깜빡할 사이에 시야에서 완전히 사라져 버렸기 때문이다.

그때 독고비가 허공에서 쏜살같이 날아와서 사뿐히 장내

에 내려섰다.

그녀는 나신효로부터 나운상을 도우라는 전갈을 듣는 즉시 전력으로 달려온 길이다.

"나 대주는 어디에 있나요?"

독고비가 재빨리 주위를 둘러보면서 묻자 성검백수 한 명이 오룡신장이 사라진 방향을 가리키며 착잡하게 대답했다.

"방금 납치당하셨습니다."

도기운은 여전히 화룡신장과 한 치의 양보도 없이 팽팽하게 싸우고 있는 중이었다.

이미 이백여 초를 싸운 상태인데도 도기운이 미미하게 우위를 차지하고 있는 정도일 뿐, 화룡신장을 부상 입히지는 못하고 있는 상황이다.

도기운과 화룡신장뿐만 아니라 천검신문의 고수들과 울고수들은 마치 지옥도가 연상될 정도로 치열한 혈전을 벌이고 있는 중이었다.

아까 도기운은 나신효에게 구룡신장 중에 몇 명이나 왔는지 알아내고, 그들이 누구와 싸우고 있으며, 우리 쪽이 불리한 상황이면 지원을 하라고 명령했었다.

그뿐만이 아니라 성내에서 벌어지고 있는 싸움의 형세를 면밀하게 살펴서 싸움을 원활하게 이끌도록 하라는 명령도 함께 내렸었다.

　나신효는 천라대 고수들을 낙양성 전역에 풀어서 대피호가 있는 백여 곳에서 벌어지고 있는 싸움의 양상을 거의 실시간으로 보고를 받았다.

　그러고는 천검신문이 불리한 곳이 있으면 재빨리 그곳으로 지원을 보내는 등 성내 전체적인 싸움을 조율하고 있었다.

　약간 열세를 보이고 있는 나궁조와 기무군에게 각각 담무혁과 오대명왕을 보냈다.

　그것으로 나궁조와 기무군은 크게 힘을 얻어 순식간에 전세를 역전시켰다.

　그때 치열하게 싸우고 있는 도기운의 귀에 나신효의 전음이 전해졌다.

　[중무영대주가 오룡신장에게 납치되었습니다.]

　'운상이?'

　도기운은 놀라서 움찔하는 바람에 공력이 약간 흐트러졌다.

　쿠콰쾅!

　검강과 화도강이 무섭게 격돌하자 도기운은 어깨를 크게 흔들면서 뒤로 주르르 물러났다. 그의 입에서 주르르 피가 흘러내렸다.

　그런 절호의 기회를 놓칠 화룡신장이 아니다. 그는 벼락같이 도기운을 공격해 갔다.

　화우우웅!

무시무시한 붉은색의 화도강이 아직 중심을 잡지 못하고 있는 도기운을 향해 번갯불처럼 뿜어져 왔다.

그것에 적중되면 아무리 도기운이라고 해도 즉사를 면치 못할 것이다.

반격할 겨를이 없는 도기운은 몸을 날려 바닥으로 굴렀다. 절정고수인 그로서는 수치스러운 동작이지만 살기 위해서는 어쩔 수가 없다.

키유우웅!

콰쾅!

화도강은 도기운을 맞히지 못하고 스쳐 지나가서 돌계단에 적중됐다. 돌계단 한가운데에는 반 장 깊이의 구멍이 움푹 패었다.

도기운은 바닥을 두 바퀴 구르는 동안에 무언가 퍼뜩 뇌리를 스쳤다.

'주군의 부인들을 납치하려는 것이다!'

오룡신장이 나운상을 죽이지 않고 납치한 이유가 지금 생각이 난 것이다.

그것은 필경 구룡신장의 주인인 울제국 태자 이반의 명령일 것이다.

문득 도기운은 이반이 병적일 정도로 호색가이며 현재 열두 명의 부인을 거느리고 있다는 사실을 기억해 냈다.

이반은 천문주의 부인을 납치하여 협박하려는 것이 아니

라, 천하이미 소옥군과 나운상을 납치하여 부인으로 삼으려
는 것이 틀림없다.

도기운은 벌떡 일어나 화룡신장의 공격에 대비하면서 나
신효에게 재빨리 전음을 보냈다.

[신효! 대소저께서 위험하다!]

울고수들과 치열하게 싸우고 있던 나신효는 도기운의 전
음을 듣는 순간 오룡신장이 나운상을 납치해 간 이유를 퍼뜩
깨달았다.

그가 수하들에게 소옥군을 보호하라고 명령을 하기 위해
서 힐끗 돌아보는 순간 북두전 지붕 높은 곳에서 뭔가 거무스
름한 물체 하나가 떠 있는 것을 발견했다.

"……!"

흑포를 입은 깡마르고 염소 수염을 기른 인물 한 명이 지붕
위 십여 장 높이에서 빛처럼 빠른 속도로 수직으로 내리꽂히
고 있었다.

'오룡신장!'

흑포인은 나운상을 납치해 갔던 오룡신장이다.

나신효는 그가 이번에는 소옥군을 납치하기 위해서 북두
전에 나타난 것이라는 생각이 들자 대전 입구를 향해 전속력
으로 신형을 날리면서 벼락같이 외쳤다.

"모두 대소저를 보호하라!"

하지만 나신효와 수하들이 북두전 안으로 들어가기도 전

에 오룡신장은 그대로 지붕을 뚫고 안으로 들어갔다.

콰직!

소옥군과 소랑은 자신들도 밖으로 나가서 울고수들과 싸우고 싶었지만 도기운의 간곡한 만류 때문에 방에서 꼼짝도 하지 못하는 신세였다.

실내에는 그녀들 외에 무기를 움켜쥐고 있는 소효령과 우림, 담신기가 함께 있었다.

그들은 최측근에서 소옥군과 소랑을 호위하라는 도기운의 명령을 받았다.

소옥군과 소랑은 창에서 멀찍이 떨어진 침상에 나란히 걸터앉아 있었다.

혹시 암습이라도 당할까 봐 우림이 창 쪽에는 얼씬도 하지 못하게 했기 때문이다.

소옥군과 소랑은 나란히 앉아 있지만 한마디도 하지 않고 염려스러운 얼굴로 창 쪽만 바라보고 있었다.

밖을 내다보지 않고 싸우는 소리와 비명 소리만 듣고도 싸움이 얼마나 치열한지 짐작할 수 있을 정도였다.

그녀들은 자신들이 싸움에 힘을 보태지는 못할망정 호위하는 사람까지 세 명씩이나 차지하고 있다는 사실 때문에 마음이 편하지 않았다.

그때 문밖에서 무언가 부서지는 듯한 요란한 소리가 터져

나왔다. 소옥군 등은 그것이 천장이 뚫리는 소리라는 것을 직감했다.

우림과 담신기는 재빨리 문 쪽으로 달려갔고, 소효령은 소옥군과 소랑에게 달려가 그 앞에 우뚝 섰다.

검을 치켜들고 문 양쪽에 서 있는 우림과 담신기는 누군가 들어서는 즉시 공격할 만반의 준비를 갖추었다.

퍼억!

그런데 한순간 문으로부터 이 장 거리의 벽이 그대로 뚫어지면서 하나의 검은 인영이 실내로 무섭게 쏘아들었다.

검은 인영, 즉 오룡신장은 머뭇거리지도 않고 곧장 소옥군을 향해 일직선으로 쏘아왔다.

"물러나랏!"

소효령은 뽑아 들고 있던 검을 머리 위로 치켜올렸다가 자신을 향해 곧장 짓쳐오는 오룡신장을 향해 벼락같이 그어 내렸다.

키이잇!

"안 돼요, 어머니!"

순간 소옥군이 벌떡 일어서면서 소효령을 옆으로 밀쳤다.

퍼억!

"악!"

그 순간 거무스름한 기운이 소효령의 왼쪽 가슴과 어깨의 경계 부위에 적중되었다.

소효령은 어깨가 완전히 으깨어져서 침상 너머로 쏜살같이 날아갔다.

오룡신장은 속도를 조금도 늦추지 않고 소옥군을 향해 한 손을 뻗었다.

소랑은 오룡신장이 쏘아오는 순간에 요혈비를 발출했는데 그가 손을 뻗을 때 요혈비는 그의 목으로 한줄기 빛처럼 파고들었다.

아니, 목에 적중되기 직전에 오룡신장은 고개를 슬쩍 젖혀서 요혈비가 빗나가게 했다.

그 바람에 소옥군을 향해 뻗었던 손이 멈칫했다.

그 순간 오룡신장은 전면 천장에서 하나의 금광이 번뜩이는 것을 발견하고는 소옥군을 향해 뻗었던 손을 금광을 향해 방향을 바꾸었다.

휴우웅!

그의 장심에서 거무스름한 기운, 즉 그의 성명절기인 오극강(烏極罡)이 섬전처럼 뿜어졌다.

퍽! 퍽!

오극강에 정확하게 명중된 금광은 뒤로 튕겨져 날아가 벽에 쑤셔 박혔다.

금광, 즉 상비의 움직임은 인간의 능력으로는 도저히 분간할 수 없다.

그런데도 오룡신장은 금광을 날카롭게 꿰뚫어 본 것으로

도 모자라서 오극강을 명중시키기까지 했다.

그 순간 소옥군은 검을, 소랑은 허리의 작은 혈도를, 그리고 문 쪽에 있던 우림과 담신기는 검을 그어대면서 오룡신장을 네 방향에서 합공해 갔다.

그러나 오룡신장은 그들의 공격을 무시하고 재차 소옥군을 향해 손을 뻗었다.

투우.

순간 중지와 검지 두 손가락 끝에서 명주실처럼 가느다란 두 줄기 지풍이 뿜어졌다.

“……”

소옥군은 눈을 동그랗게 뜬 채 자신을 향해 쏘아오는 두 줄기 흑색 지풍을 바라보기만 했다. 너무 빨라서 어떻게 해야 할지 판단이 서지 않았기 때문이다.

퍼퍼퍽!

“흑!”

“악!”

그때 공격하던 소랑과 우림, 담신기의 무기가 오룡신장의 몸에 닿기도 전에 호신막에 튕겨져서 세 사람은 입에서 피를 토하며 뒤로 날아갔다.

두 줄기 지풍이 소옥군의 어깨와 턱에 적중되려는 찰나.

퍽!

“큭!”

오룡신장은 둔탁한 충격을 복부에 느끼면서 뒤로 주르르 밀려갔다.

일격을 맞고 벽에 쑤셔 박혔던 상비가 재차 쏘아와서 오룡신장의 복부를 들이받은 것이다.

오룡신장은 호신막을 펼친 상태지만 상비는 그것을 여지없이 뚫어버렸다.

"이… 놈!"

우뚝 멈춰 선 오룡신장은 눈알을 굴리며 날카롭게 주위를 둘러보다가 한곳을 향해 번개같이 손을 뻗었다.

퍽!

오극강은 상비를 맞히지 못하고 벽에 손바닥만 한 구멍을 뻥 뚫어버렸다.

뻐걱!

"크으……."

다음 순간 오룡신장의 눈앞에서 금광이 흐릿하게 번뜩이는 것 같더니 그대로 그의 가슴 한복판에 꽂혔다.

호신막이 파훼되면서 상비의 부리가 오룡신장의 가슴에 깊숙이 꽂혔다.

번뜩! 하면서 상비가 물러나자 오룡신장은 가슴에서 피를 뿜으면서 얼굴을 일그러뜨리며 비틀거렸다.

"흐으으……."

우직!

그때 머리 위에서 둔탁한 음향이 터졌다.

급히 위를 쳐다보던 소옥군 등은 소스라치게 놀란 표정을 지었다.

뻥 뚫린 천장에서 금빛 찬란한 옷을 입은 거구의 청년 한 명이 스르르 느릿하게 하강하고 있었다.

울제국의 태자 이반, 바로 그였다.

第百一章

천문주의 귀환

大夫
대사부

이반이 뚫어놓은 구멍으로 하늘이 보였다. 삼층인 북두전을 지붕에서부터 일직선 수직으로 뚫고 내려온 것이다.

"주… 군!"

비틀거리던 오룡신장이 이반을 향해서 그 자리에 엎어지며 절을 올렸다.

'태자 이반……'

소옥군 등은 이반을 보며 아연실색했다. 삼황사벌에서 제일 가공한 무위와 권력을 지닌 태자 이반이 직접 출현할 줄은 예상하지 못했다.

이반은 마치 산책이라도 나온 듯 뒷짐을 진 채 담담한 표정

으로 천천히 실내를 둘러보다가 이윽고 시선이 소옥군에게
멈추었다.

"그대가 강남천궁 소옥군이오?"

굵직하면서도 맑은 목소리로 그가 물었다.

소옥군은 대답하지 않았다. 그 대신 재빨리 뒤로 물러나면
서 이반을 향해 검을 겨누었다.

그것을 신호로 소랑과 우림, 담신기도 일제히 무기를 겨누
며 합공할 태세를 갖추었다.

이반은 감상을 하듯이 눈을 반개하고 소옥군을 쳐다보면
서 감탄했다.

"호오… 과연 눈이 부실 만큼 아름답군."

소옥군은 이반의 시선이 마치 뱀의 헛바닥처럼 징그러워
서 온몸에 소름이 돋았다.

이반의 눈에 탐욕이 이글거렸고, 입꼬리가 기묘하게 비틀
어지며 미소가 매달렸다.

"그대를 내 여자로 거두겠다."

열흘 삶은 호박에 이빨도 들어가지 않을 얼토당토않은 말
을 이반은 마치 소옥군에게 은혜라도 베푸는 것처럼 태연하
게 선언했다.

"나와 함께 가자."

슥.

그는 소옥군에게 왼손을 뻗었다.

스으…….

순간 소옥군의 몸이 선 채로 두 발바닥이 바닥에서 반 뼘쯤 떠서 이반에게 스르르 끌려갔다.

"아아……."

소옥군은 혼비백산했다. 그녀는 공력을 극한으로 끌어올려 저항했으나 온몸이 거미줄에 꽁꽁 묶인 것처럼 아무 소용이 없었다.

그녀는 이반이 이미 인간의 한계를 훨씬 넘어선 신 적인 존재인 것을 깨달았다.

"멈춰랏!"

"어딜 감히!"

순간 소랑과 우림, 담신기가 무기를 휘두르며 이반에게 전력을 다해서 공격해 갔다. 자신들의 생사를 도외시한 결사적인 공격이다.

이반은 슬쩍 눈썹을 찌푸리더니 그들을 향해 오른손을 뻗어 손목을 가볍게 뒤집었다.

그때 소옥군이 날카롭게 외쳤다.

"그들을 죽이지 말아요!"

이반의 손이 뚝 멈춰졌다가 다시 뒤집어졌다.

쏴아아…….

"아앗!"

"우웃!"

그러자 그의 손에서 부드러운 경풍이 쏟아져 나와 소랑과 우림, 담신기를 둥실 허공으로 날려 버렸다.

그들이 방바닥에 우르르 떨어질 때, 이반은 소옥군을 보며 온화한 미소를 지었다.

"친구들을 보호하려는 그대의 마음이 갸륵하군."

소옥군은 소랑 등이 이반을 공격해 봐야 목숨만 잃을 뿐 지금의 상황에 조금도 도움이 되지 않는다는 사실을 깨닫고 이반에게 부탁 아닌 부탁을 한 것이다.

그것은 이반에게는 손목을 한 번 뒤집는 간단한 것이지만, 세 사람에겐 목숨이 걸린 일이었다.

무형의 힘에 의해서 끌려가던 소옥군의 나긋나긋한 허리가 막 이반의 팔에 감겨지려는 찰나, 허공에서 흐릿한 금광이 번뜩였다.

상비가 번갯불보다 더 빠른 속도로 이반을 공격해 갔다.

이반은 허공을 향해 느릿하게 오른손을 뻗었다.

아니, 육안으로는 느릿한 동작으로 보였으나 어느새 활짝 펼쳐진 손이 허공의 한 방향을 향해서 무형의 기운을 발출하고 있었다.

그러자 제 스스로 멈추지 않는 이상 언제나 번뜩이는 흐릿한 금광으로만 보이는 상비가 허공에서 날개를 활짝 펼친 채 뚝, 정지하더니 그 상태로 꼼짝도 하지 못하고 이반의 손을 향해 끌려왔다.

척!

상비는 너무도 간단하게 이반의 손아귀에 잡혀 버렸다.

이반은 눈을 초롱초롱하게 뜨고 있는 상비를 보면서 낮은 감탄을 흘렸다.

"호오… 네가 말로만 듣던 천상조로구나."

끼악!

순간 상비가 입을 살짝 벌리자 입속에서 새빨간 빛이 이반의 얼굴을 향해 뿜어졌다.

상비와 이반의 거리는 불과 두 뼘 남짓이라서 이반은 절대로 피할 수 없는 상황이다.

그러나 이반은 믿어지지 않을 정도로 빠르게 고개를 옆으로 젖혔다.

파아.

그러나 완전히 피하지 못하고 새빨간 빛이 그의 뺨을 살짝 스쳐 지나갔다.

그의 뺨에는 손가락 한 마디 길이의 가느다란 상처가 생겨서 피가 주르르 흘렀다.

"맹랑한 놈이로군."

이반이 냉랭하게 중얼거리는 것을 보고 소옥군이 날카롭게 외쳤다.

"죽이지 말아요!"

하지만 이반은 그녀를 쳐다보지도 않고 손에 힘을 주었다.

"이번만큼은 그대의 부탁을 들어줄 수가 없겠소."

콰드득!

상비는 비명조차 지르지 못한 채 그의 손 안에서 완전히 으깨어져 버렸다.

"비야!"

이미 이반의 팔에 허리가 감겨져 있던 소옥군은 그 광경을 보면서 비통하게 부르짖었다.

툭!

바닥에 떨어진 상비는 더 이상 새의 모습이 아니라 구겨진 종이 뭉치 같았다.

억센 강철에 묶인 듯이 꼼짝도 할 수 없는 소옥군은 짓뭉개진 상비를 보면서 하염없이 몸을 떨며 눈물을 흘렸다.

슈욱!

그때 이반이 소옥군의 허리를 안은 채 수직으로 솟구쳤다.

퍼퍼퍽!

소옥군을 보호하기 위해서 전개한 호신막이 먼저 뚫렸던 구멍보다 더 큰 구멍을 연달아 뚫으면서 이반은 순식간에 시야에서 사라졌다.

"언니!"

"대소저!"

소랑과 우림, 담신기는 처절하게 울부짖으면서 신형을 날려 구멍 위로 솟구쳤다.

그러나 그들이 북두전 삼층 지붕에 올라섰을 때에는 어디에서도 이반과 소옥군의 모습이 보이지 않았다.

오룡신장은 텅 빈 실내에 우뚝 서서 바닥에 구겨져 있는 상비를 쳐다보았다.

그러고는 곧 벽에 뚫려 있는 구멍을 통해서 밖으로 쏘아 나갔다.

약 다섯 호흡 정도의 시간이 흐른 후.

스스…….

짓뭉개진 상비의 몸이 미미하게 꿈틀거렸다.

구우우…….

그러더니 믿을 수 없게도 천천히 몸이 펴지면서 원래의 모습으로 복원되기 시작했다.

이윽고 완전히 본래의 모습을 되찾은 상비는 번쩍 눈을 뜨더니 둥실 허공으로 떠올랐다.

그러고는 뚫어진 천장을 통해서 쏜살같이 쏘아 올랐다.

상비는 천상조, 즉 불사조다. 영원히 죽지 않는 새인 것이다.

이반은 낙양성의 싸움에는 일체 개입하지 않고 떠났다.

그는 오로지 천하이미인 소옥군과 나운상을 직접 거두기 위해서 나타났고, 목적을 이루자 뒤도 돌아보지 않고 제 갈

길을 갔다.

낙양성 싸움, 나중에 '낙양대전'이라고 불리게 될 이 싸움은 시간이 갈수록 더욱 치열해졌다.

오합지졸끼리의 싸움은 시간이 흐를수록 두려움과 의기소침, 기력 상실 등으로 이어지게 마련이다.

하지만 진정한 강자끼리의 싸움은 오직 하나, 반드시 이기고야 말겠다는 '집념'만을 남긴다.

낙양대전은 싸우면 싸울수록, 시간이 흐르면 흐를수록 지옥으로 변해갔다.

세상의 모든 일은 시작이 있으면 언젠가는 끝도 도래한다.

그리고 낙양대전은 끝으로 치달을수록 천검신문이 점점 열세에 처하게 되었다.

더구나 신성산과 왕실산의 산불에서 살아난 패가수의 수하 삼만 오천 명이 낙양대전에 합세하면서 천검신문은 열세에서 궁지로 내몰리기 시작했다.

초양곤의 집 마루 밑에 숨어 있다가 그의 허름한 옷을 입고 간신히 낙양성을 탈출했던 패가수가 삼만 오천 고수를 이끌고 낙양성에 진입해서 제일 먼저 한 일은 초양곤의 집으로 달려가서 남궁산과 초양곤의 가족을 안전한 성 밖으로 피신시킨 것이었다.

이어서 그는 맺힌 한을 풀 듯이 싸움에 뛰어들었다.

　　　　　*　　　　*　　　　*

　쿠르르…….

　한산한 관도를 한 대의 이두마차가 달리고 있다.

　화려하기 짝이 없는 마차에는 울제국 황실의 문장이 뚜렷하게 새겨져 있다.

　또한 마차의 전후좌우에 말을 탄 당당한 모습의 울고수 이십여 명이 삼엄하게 호위를 하고 있다.

　온통 비단과 보석으로 치장된 마차 안은 아담한 침실을 연상하게 할 정도다.

　그곳에 소옥군과 나운상이 서로 마주 보는 자세로 앉아서 운공조식을 하고 있었다.

　그녀들은 이반에 의해서 일시적으로 무공이 폐지된 상태다. 그것을 파훼하려고 마차에 태워진 이후 줄곧 운공조식을 하고 있는 것이다.

　낙양성을 떠난 지 한나절이 지났다. 소옥군은 폐지된 무공을 여전히 회복할 수 없자 참담한 심정으로 운공조식을 끝내고 눈을 떴다.

　조금 전에 운공조식을 끝낸 나운상이 쓸쓸한 눈빛으로 소옥군을 바라보고 있다가 두 사람의 눈길이 마주쳤다.

　원래 이반은 이 마차에 함께 타고 있었는데 두어 시진 전에 마차를 떠났다.

사실 그는 예전부터 안휘성 북부 지역에 월궁항아 같은 미인이 있다는 소문을 듣고 자신의 부인으로 삼고 싶어했었는데, 마침 근처를 지나는 길에 그것을 이루려고 한달음에 달려간 것이다.

소옥군과 나운상은 마주 보고 있으면서도 입을 열지 않았다. 할 말이 없기 때문이다.

이대로 끌려가면 영락없이 이반의 열세 번째와 열네 번째 부인이 되고 말 판국인데 무슨 할 말이 있겠는가.

더구나 무공이 폐지돼서 평범한 여자가 된 상황에서는 아무것도 해볼 수가 없다. 그저 도살장에 끌려가는 가축처럼 무기력할 뿐이다.

소르륵…….

한동안 말이 없는 가운데 소옥군의 희디흰 뺨 위로 눈물이 흘러내렸다.

"그가 너무나도 보고 싶어……."

소옥군이 한숨처럼 내뱉는 중얼거림이 나운상의 귀에는 가슴을 쥐어짜듯이 아프게 들렸다.

하루에도 수백 번이나 생각나는 기개세지만, 지금 이 순간은 심장이 조각날 정도로 사무치게 그리웠다.

"그이를 마지막으로 한 번만 더 만날 수 있다면……. 흑!"

나운상은 그렇게 말하다가 제 설움에 못 이겨서 울음을 터뜨리고 말았다.

　두 여자는 와락 서로를 부둥켜안고는 한동안 아무 말 없이 흐느껴 울기만 했다.

　얼마나 시간이 흘렀을까. 울음을 그친 소옥군이 나운상을 안은 채 그녀의 귀에 차분한 목소리로 속삭였다.

　"함께 가자, 상 매."

　나운상은 그녀의 말뜻을 알아듣고 고즈넉이 대답했다.

　"네, 언니."

　두 여자는 서로의 등을 부드럽게 쓸어주고 나서 결연한 표정으로 몸을 뗐다.

　슥—

　소옥군은 정갈한 동작으로 품속에서 한 자루 눈처럼 흰 단검을 꺼냈다.

　그것은 기개세가 떠나기 전에 그녀에게 주고 간 가문의 보검인 설인검이다.

　소옥군은 기개세를 대하듯 따스한 눈빛으로 설인검을 잠시 굽어보다가 그것을 나운상에게 내밀었다.

　"부탁해."

　침착한 소옥군하고는 달리 나운상은 가늘게 떨리는 손으로 설인검을 받았다.

　자신이 죽는 것은 괜찮지만, 자신의 손으로 소옥군을 죽여야 하는 운명이 너무도 얄궂기 때문이었다.

두 여자는 결국 자결을 선택했다. 죽으면 죽었지, 중원을 침공하여 점령한 적의 우두머리에게 몸을 더럽히고 그의 부인이 될 수는 없기 때문이다.

깨끗한 몸과 마음을 간직한 채 죽어 하늘나라에서 기개세를 기다릴 생각이다.

소옥군은 나운상을 바라보며 방그레 미소를 지었다.

"상 매와 함께했던 나날들은 너무 행복했었어. 죽어서도 잊지 못할 거야."

이어서 소옥군은 사르르 눈을 감았다. 추호도 망설임이나 두려움이 없는 고요한 얼굴로 곧 다가올 죽음을 기다렸다.

나운상은 폭포처럼 흐르는 눈물 때문에 소옥군의 모습이 보이지 않자 손등으로 눈물을 닦고 또 닦아냈다. 그런데도 눈물은 끝없이 자꾸만 흘렀다.

소옥군은 재촉도 하지 않고 두려움으로 흔들리지도 않으며 마치 득도한 고승처럼 고요히 앉아 있기만 했다.

비로소 나운상은 입술을 깨물고 눈을 부릅뜨면서 설인검을 두 손으로 움켜잡았다.

시리도록 하얗게 날이 선 검첨을 소옥군의 심장 쪽으로 향하면서 그녀는 흐느낌 같기도, 한숨 같기도 한 중얼거림을 흘렸다.

"곧 따라갈 테니 멀리 가지 마세요."

소옥군을 죽이고 자신도 곧 따라서 죽을 테니 영혼이나마 멀리 가지 말고 기다리라는 눈물겨운 뜻이었다.

나운상은 더욱 눈을 부릅뜨고 한층 힘주어 입술을 깨물면서 천천히 설인검을 앞으로 밀었다.

툭.

그녀의 입술이 터져서 새빨간 피가 팔뚝 위로 뚝뚝 떨어져서 옷에 번졌다.

삭…….

설인검의 검첨이 옷을 뚫고 소옥군의 젖가슴에 닿은 느낌이 나운상의 손으로 전해져 왔다.

소옥군은 설인검의 싸늘한 검첨이 살갗에 닿자 기개세의 미소 짓는 모습을 떠올렸다.

숨이 끊어지는 마지막 순간까지 사랑하는 사람의 모습을 간직하고 싶었기 때문이다.

삐릿… 삐릿…….

그때 어디선가 청아하게 우짖는 새소리가 들려왔다.

나운상은 찔러가던 설인검을 멈추었고, 소옥군은 놀라서 반짝 눈을 떴다.

"비야……."

두 여자의 입에서 똑같이 나직한 중얼거림이 새어 나왔다.

덜컹!

그때 마차가 멈추었다.

"웬놈들이냐? 길을 비켜……."

그러고는 마차 앞쪽에서 울고수의 호통성이 들리다가 뚝 그쳤다.

쿠쿠쿵! 털썩! 퍼픽!

뒤이어서 뭔가 곡식 자루처럼 묵직한 것들이 땅에 떨어지는 소리가 서너 호흡 사이에 연이어서 들렸다.

이후 고요한 침묵이 찾아왔다.

삐릿… 삐릿…….

그리고 귀에 익은 상비의 울음소리가 다시 마차 문밖에서 들렸다.

나운상은 호흡을 멈추고 설인검을 움켜쥔 채 조심스럽게 마차 문을 열었다.

끼이.

한 뼘쯤 열린 마차 문을 통해서 바깥의 광경이 꼭 그만큼만 보였다.

"……!"

그런데 나운상이 발견한 것은 멈춰 서 있는 한 마리 말 아래 땅바닥에 쓰러져 있는 한 명의 울고수의 모습이었다.

얼굴을 마차 쪽으로 향하고 있었는데, 눈을 부릅뜨고 입을 반쯤 벌린 모습이 죽은 게 분명했다.

흠칫 놀란 나운상은 문을 조금 더 열었다. 그러자 더 많은 울고수들이 말에서 떨어져 죽어 있는 광경이 보였다.

어깨 너머로 바같을 보고 있던 소옥군이 밖으로 나가보자는 듯 그녀의 등을 가볍게 밀었다.

두 여자는 몹시 조심스럽게 마차에서 내려서며 주위를 두리번거렸다.

그런데 그녀들이 내린 쪽의 울고수들은 죄다 말에서 떨어져 땅바닥에 죽어 있는 광경이었다. 도대체 어찌 된 일인지 알 수가 없다.

삐릿… 삐릿…….

그때 또다시 상비의 맑은 울음소리가 들려왔다. 마차의 앞쪽인데 평소와는 달리 상비의 울음소리는 매우 명랑했다.

두 여자는 서로의 손을 꼭 잡고 조심스럽게, 천천히 마차 앞쪽으로 걸음을 옮기면서 잔뜩 주위를 경계했다.

그리고 한순간 두 여자는 걸음을 뚝 멈췄다.

마차 앞쪽에 고정되어 있는 그녀들의 눈은 더 이상 커질 수 없을 만큼 커졌고, 입이 벌어졌으며, 심장도 호흡도 그대로 멈춰 버렸다.

아름다운 두 눈에서 쏟아져 내리는 것은 눈물이되 한없는 기쁨의 눈물이었다.

그녀들의 시선이 멈추어져 있는 곳. 그곳에는 지난 일 년 반 동안 단 한시도 잊은 적이 없었던, 꿈에서조차 그리워했던 사람이 천신처럼 서 있었다.

죽더라도 딱 한 번만 더 보고자 했던 바로 그 님이다.

기개세. 그가 지난밤 꿈에서 본 그 모습으로 한료히 서서 빙그레 미소를 짓고 있었다.

소옥군이 흐르는 눈물을 주체하지 못하면서 나운상을 쳐다보았다.

"상 매… 내가 지금 꿈을 꾸나 봐……. 저 앞에 그이가 서 계신 모습이 보여……."

똑같은 생각을 하고 있던 나운상은 그 말에 부르르 거세게 몸을 떨었다.

둘이 똑같은 꿈을 꾸지는 않을 것이라 생각한 것이다. 그렇다면 이것은 꿈이 아닌 것이다.

"군아, 상아."

더구나 너무도 달콤한 이 목소리는 또 무엇이란 말인가.

눈이 부시도록 흰 백의를 입은 기개세의 어깨 위에 앉아 있던 상비가 번뜩, 하더니 두 여자 앞에 날아와 눈높이에서 정지비행을 하며 울었다.

삐릿… 삐릿…….

뭘 하고 있느냐고, 빨리 사랑하는 사람에게 가라고 재촉하는 듯한 울음소리다.

번쩍 정신이 든 소옥군과 나운상은 기개세를 향해 달려가기 시작했다.

　그러나 무공이 폐지된 그녀들이 달리는 것은 느리기도 하지만 넘어질 듯 위태로웠다.

　그런데 어느 순간부터 그녀들의 두 발이 땅에서 떨어져 허공을 달리고 있었다.

　아니, 어떤 부드러운 무형의 힘에 의해서 구름이 흐르듯 유유히 앞으로 나아가고 있었다. 기개세가 무형지기로 그녀들을 끌어당기고 있는 것이다.

　기개세는 양팔을 활짝 벌리고 있다가 가까이 다가온 두 여자를 와락 품에 안았다.

　"으흐흑! 대가!"

　"흐흐흑! 정말 대가가 맞나요?"

　두 여자는 기개세의 얼굴을 쓰다듬고 몸을 만지면서 격렬한 희열에 몸을 떨었다.

　"하하하! 겨우 일 년 반밖에 안 지났는데 나를 알아보지 못한단 말인가?"

　기개세는 명랑하게 웃으면서 두 여자의 허리를 안고 있던 손이 스르르 궁둥이 쪽으로 내려가더니 계곡 사이로 미끄러지듯이 스며들었다.

　너무도 그리웠던 이 손길. 너무도 익숙하게 은밀한 곳을 어루만지는 이 손놀림. 천하에서 이런 솜씨를 발휘할 사람은 오직 한 사람, 기개세밖에 없었다.

　소옥군과 나운상은 누가 먼저랄 것도 없이 기개세의 입과

뺨과 코와 눈에 미친 듯이 입을 맞추면서 사랑한다고, 그리웠다고, 영원히 못 보는 줄 알았다고 수없이 흐느끼면서 아우성쳤다.

기개세 옆에 서 있는 백의에 긴 치마를 입고 머리에 눈을 이고 있는 듯한 눈부신 백발의 소녀는 눈을 동그랗게 뜨고 놀라는 표정을 지으며 그 광경을 바라보았다.

그녀는 기개세가 천문에 있었던 일 년 반 동안 그를 그림자처럼 따르면서 보살폈던 아미다.

아미는 그의 심복이면서 친구이기도 하고 조언자이면서 스승이기도 했었다.

한마디로 그녀는 기개세의 모든 것이었다. 그녀 없이는 기개세는 아무것도 하지 못했을 정도였다.

만약 아미가 잠자리 시중까지 들어주지 않았더라면, 기개세는 소옥군과 나운상, 소랑이 그리워서 중도에 천문을 뛰쳐나왔을지도 모른다.

말하자면, 아미는 천문에서 기개세가 얻은 또 한 명의 부인인 셈이다.

저 멀리 낙양성이 보였다.

소옥군과 나운상이 마차로 한나절이나 달려갔었던 곳에서 이곳까지 다시 돌아오는 데 기개세는 채 반 시진도 걸리지 않았다.

기개세는 소옥군과 나운상의 양쪽 허리를 안고, 그녀들은 그를 보는 자세에서 어깨에 꼭 매달린 채 마냥 행복한 표정을 짓고 있었다.

이곳까지 오는 반 시진 동안 그녀들은 기개세의 얼굴에서 한시도 눈을 떼지 못했다. 눈을 떼면 그 순간 그가 사라져 버릴 것만 같아서다.

낙양성에 거의 도착했지만 그녀들은 그 사실조차도 모르고 있었다. 그녀들의 눈에는 오직 기개세밖에 보이지 않았다.

기개세는 마치 산책을 나온 듯 천천히 걸음을 옮기고 있었지만, 두 발은 땅에서 한 자가량 뜬 상태에서 구름이 흐르듯 유유히 미끄러져 나가고 있었다.

게다가 속도는 과거에 그가 전력으로 경공을 전개하던 것보다 최소한 다섯 배 이상 빨랐다. 하지만 소옥군과 나운상은 그런 사실마저도 느끼지 못했다.

아미는 기개세 옆, 그러니까 소옥군 쪽 옆에서 나란히 같은 동작과 같은 모습으로 미끄러져 가고 있었다.

그녀는 이따금씩 기개세와 두 여자를 바라보면서 입가에 아름다운 미소를 지었다. 질투 같은 것은 조금도 느끼지 않는 듯한 표정이다.

사아…….

풀잎이 수면에 기척없이 떨어지듯 기개세와 아미는 성벽

위에 내려섰다.

기개세는 천천히 성내를 둘러보았다. 몇 군데에서 싸우고 있는 광경이 보였다.

수적으로 몹시 균형이 이루어지지 않는 싸움이었다. 천검신문에 비해서 울제국 쪽은 열 배 가까이 많은 수였다.

그런데도 훨씬 수가 적은 천검신문이 우세한 싸움을 벌이고 있었다.

그 이유는 천검신문 쪽에 한 명의 백의인이 있었기 때문이다. 백의인은 옷이 흴 뿐만 아니라 머리카락도 백발인 백일색(白一色)의 모습이다.

그는 마치 한 마리 고고한 학이 닭이나 오리의 무리 속을 노닐 듯이 이리저리 훌훌 날아다니면서 한 자루 눈처럼 흰 백검으로 울제국의 고수와 군사들을 주살하고 있었다.

울제국의 고수와 군사들은 어느 누구라도 백의인의 상대가 되지 못했다.

그리고 백의인은 적을 죽이는 데 있어서 일 초식 이상 사용하지 않았다.

백의인이 스치고 지나가면 어김없이 울제국의 고수나 군사가 한두 명씩 튕겨져 날아가거나 풀썩풀썩 쓰러졌다.

백의인들은 기개세가 천문에서 데리고 온 천족의 천인들이며, 모두 오십 명이었다.

기개세는 소옥군과 나운상을 구하러 가면서 그들에게 천

검신문을 도우라고 명령했었다.

기개세가 굽어보고 있는 지역은 성의 외곽으로, 아홉 군데에서 사도구련의 아홉 장로인 사도구로가 정예고수들을 이끌고 싸우고 있는 중이었다.

사도구련에서 가장 고강한 사람은 기무군과 기화종, 사도구로의 순서다.

그다음이 사도 최강 백 명에 꼽히는 흑살대 흑살백수이며, 그리고 기무군이 엄선해서 천검신문에 이끌고 온 오천 명의 정예고수들이다.

기무군은 흑살백수를 이끌고 낙성검가 인근 중심부에서 싸우고 있는 중이었다.

그리고 사도구로는 오천 명의 정예를 아홉으로 나누어 성 외곽의 아홉 지역에서 싸우고 있었다.

사도구련의 최정예 고수라고는 하지만 예전 천검사호문 휘하의 정예고수에 비하면 한 수 아래의 실력이다.

그래서 사도구로가 이끄는 사도구련의 정예고수들은 다른 천검신문 휘하 고수들보다 고전을 면치 못하고 있었다.

사도구로는 처음에 각기 오백오륙십 명의 고수를 이끌고 그보다 열 배 많은 오천여 명의 적과 싸웠었다.

그러다가 소옥군과 나운상이 이반에게 납치될 즈음에는 삼백여 명밖에 남지 않았었고, 적들은 천여 명 이상 죽인 상황이었다.

사도구련은 이백오륙십 명이 죽고 그 네 배인 천여 명의 적을 죽였으니 대단한 성과였다.

하지만 그것은 실패다. 적이 열 배가 더 많으므로 열 배의 적을 죽여야지만 형평을 이루는 것이고, 그 이상을 죽여야 성공적이라고 할 수 있는 것이다.

사도구로와 사도구련의 정예고수들이 제아무리 기를 쓰고 악에 받쳐서 싸워도 상황은 조금도 나아질 기미를 보이지 않았다.

오히려 시간이 지날수록 더욱 궁지에 몰려서 그대로 놔둔다면 몇 시진 안에 전멸하고 말 상황이었다.

바로 그때 사도구로가 싸움을 벌이고 있는 아홉 군데에 각기 한 명씩 아홉 명의 백의인이 나타났다.

그들은 하늘에서 뚝 떨어져 내린 것처럼 홀연히 출현해서 마치 한 마리 맹호가 승냥이 떼를 휩쓸 듯이 파죽지세로 울제국의 고수들과 군사들을 죽여 나갔다. 아니, 그것은 도륙이라고 해야 옳았다.

단 한 명으로 어떻게 궁지에 몰렸던 전세를 만회할 수 있겠느냐라고 생각한다면 오산이다.

언제 전멸을 해도 이상하지 않을 정도로 궁지에 몰렸던 사도구련 고수들은, 백의인이 가세한 이후 기개세가 돌아올 때까지 한 시진 남짓 만에 완전히 전세를 역전시켰다.

그 한 시진 동안 백의인은 가을 들녘의 농부가 벼를 베듯이 적을 무려 오백여 명이나 주살했다.

그때 아홉 군데 격전지 중에서 한 곳에서 싸우고 있던 어떤 사람이 무심코 성벽 쪽을 보다가 기개세를 발견했다.

그는, 아니, 그녀는 기개세에게 시선을 못 박은 채 후드득 온몸을 떨었다.

사도구로 중 한 명이며 소랑의 사부이기도 한 요미선 암향은 더할 수 없이 기쁜 얼굴로 기개세를 바라보며 눈물짓다가 수하들을 향해 힘차게 외쳤다.

"모두들 힘을 내라! 저기 소련주께서 돌아오셨다!"

그 소리가 너무 커서 싸움이 일순간 중지되었고, 모두의 시선이 기개세에게 집중되었다.

잠시의 침묵이 흐르더니 갑자기 사도구련 고수들 입에서 요란한 함성이 터져 나왔다.

"와아—! 소련주께서 돌아오셨다!"

"와아아! 소련주 만세!"

그 함성을 들은 다른 여덟 군데 격전지의 사도구련 고수들도 기개세를 발견하고 기쁨에 겨운 나머지 일제히 우렁찬 함성을 터뜨렸다.

기개세가 아무리 제구대 천검신문의 문주라고 해도, 사도구련 사람들에겐 영원히 소련주인 것이다.

기개세는 소옥군과 나운상을 내려놓고 그들을 향해 손을 흔들어주었다.

싸움이 다시 재개되었다. 기개세의 출현에 용기백배한 사도구련 고수들은 수적인 열세 따윈 아랑곳하지 않고 폭풍처럼 휘몰아쳐 갔다.

천검신문 사람들은 기개세가 돌아왔다는 사실을 아직 모르고 있었다.

그가 낙양성에 막 도착하려는 순간 상비가 소옥군과 나운상의 납치 소식을 전해주었기 때문이다.

성 외곽에서 싸우다가 조금 전에 우연히 기개세를 발견한 사도구련 고수들이 최초로 그의 귀환을 알게 되었다.

기개세는 소옥군과 나운상을 양쪽에 안고 아미와 함께 낙성검가 한복판 북두전 상공 삼십여 장 높이에 떠서 정지해 있는 상태였다.

그는 성내가 한눈에 굽어보이는 그곳에서 천천히 곳곳의 상황을 자세히 살펴보았다.

싸움이 벌어지고 있는 격전지는 백여 곳인데, 천인이 한 명씩 투입된 곳은 오십 군데이다.

천인들, 즉 천인사(天人師)라고 불리는 그들이 투입된 격전지는 안정을 되찾고 있었으나, 그렇지 못한 나머지 절반은 천검신문의 열세가 확연하게 눈에 띄었다.

문득 기개세는 눈을 빛냈다. 적들의 복장이 두 부류라는 것을 발견한 것이다.

한 부류는 경장을 입었고 또 한 부류는 전복(戰服:전투복)을 입었다.

그로 미루어 경장을 입은 자들은 고수이고, 전복을 입은 자들은 군사가 분명했다.

기개세는 군사보다는 고수들을 제거하는 것이 우선이라고 판단했다.

하지만 오십 명의 천인사를 뺄 수는 없었다. 그러면 그나마 열세를 극복한 격전지가 순식간에 와해될 것이다.

기개세는 발아래를 굽어보았다. 낙성검가의 북두전 근처에서는 그야말로 지옥도를 연상케 할 정도로 치열한 격전이 벌어지고 있었다.

그의 눈에 도기운이 한 명의 붉은 옷을 입은 초로인과 한 치의 양보도 없이 싸우고 있는 광경이 들어왔다.

그의 시선을 좇던 나운상이 감미로운 목소리로 설명했다.

"도 백부와 싸우고 있는 자는 울제국의 태자 이반의 심복 수하인 구룡신장 중 한 명인데, 화룡신장이라고 해요."

화룡신장이라는 자가 도기운과 막상막하를 이룬다면 굉장한 실력이다.

만약 구룡신장이 여러 명 이곳에 왔다면, 천검신문의 내로라하는 실력자들이 거의 모두 그들 때문에 발이 묶여 있을 것이라는 생각이 들었다.

“구룡신장이라는 자들이 몇이나 왔지?”

“모르겠어요. 천라대주인 오빠가 알고 있을 거예요.”

기개세의 물음에 나운상은 아래쪽을 두리번거리다가 한곳을 가리켰다.

도기운에게서 십여 장쯤 떨어진 곳에서 나신효와 고수들이 치열한 격전을 벌이고 있는 모습이 보였다. 그런데 그곳에는 소랑과 우림, 담신기도 있었다.

“아미, 군아와 상아를 부탁한다.”

기개세는 소옥군과 나운상을 아미에게 인계하고는 곧장 화룡신장을 향해서 쏘아갔다.

아니, 우뚝 선 자세로 쏘아갔다고 여긴 순간 이미 화룡신장 앞에 내려서고 있었다.

막 격돌을 끝내고 몇 걸음 물러선 도기운은 재차 공격을 하려다가 갑자기 앞쪽에 내려선 백의인의 뒷모습을 발견하고 움찔 몸을 떨었다.

너무도 눈에 익은 뒷모습에 도기운은 노구를 거세게 후드득 떨었다.

“주군……”

아미는 양팔에 소옥군과 나운상을 안고 유유히 하강했다.

소옥군과 나운상은 도저히 인간으로는 여겨지지 않는, 눈이 부시도록 아름다운 아미를 양쪽에서 빤히 주시했다.

여자들의 관심사는 오직 하나다. 아름다운 여자를 보면, 그가 자신이 사랑하는 사람과 어떤 관계인가 하는 것이다.

"당신은 누군가요?"

나운상이 용기를 내서 물었다.

아미는 저 아래에서 막 일장으로 화룡신장을 쳐죽이고 있는 기개세에게서 시선을 떼지 않은 채 배시시 미소 지었다.

"천족이에요. 아미라고 해요."

소옥군과 나운상이 궁금한 것은 그게 아니다.

"대가와 어떤 관계인가요?"

아예 대놓고 솔직하게 물었다.

"대가란… 문주 말인가요?"

"그래요."

아미는 환하게 미소 지었다.

소옥군과 나운상은 그녀가 기개세를 생각하는 것만으로도 이처럼 행복한 미소를 짓는 것을 보고 구태여 대답을 들을 필요가 없다고 생각했다.

그러나 아미는 친절한 여자다.

"나는 그의 부인이에요. 천문에서는 나를 천부인(天婦人)이라고 부르지요."

순간 소옥군과 나운상의 얼굴이 동시에 샐쭉하게 변했다.

　이어서 그녀들은 곱지 않은 시선으로 기개세를 쏘아보았
다.
　"순 바람둥이야."

『대사부』 제10권에 계속…

기적
Miracle
홀로선별 퓨전 판타지 소설

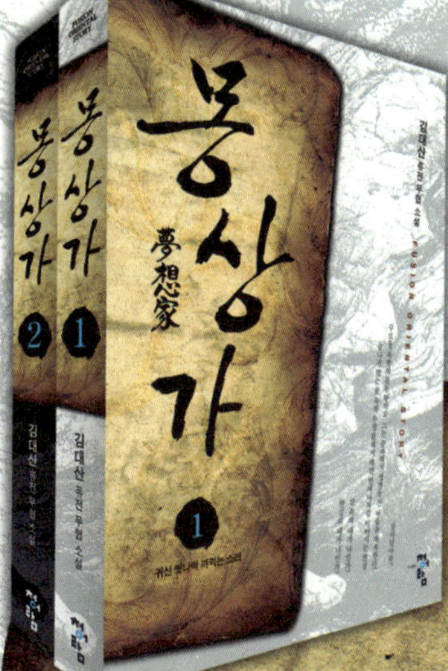